Liebe ist die beständigste Macht der Welt

--- Martin Luther King ---

Hallo liebe Leseratte...

Mein Name ist Bianca Pferrer und ich bin zarte 37 Jahre jung.

Ich bin gebürtige Badnerin. Geboren 1980 in Karlsruhe, aufgewachsen in Karlsruhe, wohnhaft in Karlsruhe.

Mit 12 Jahren lernte ich meine große Liebe Markus kennen. Mit 18 Jahren lernten wir uns Lieben, und im Jahr 2000 kam unser Sohn Justin zur Welt.

Kalea und Keahi ist mein Zweites Werk.

Weitere Bücher von mir, findet ihr unter dem Titel: (Bisherige Veröffentlichungen)

Hallo Alex..!!

Kalea und Keahi

Wiedergeboren im Zeitalter des Mondzirkel

Biografische Information der Deutschen Nationalbibliothek:
Die Deutsche Nationalbibliothek verzeichnet diese Publikation
in der Deutschen Nationalbibliografie. Detaillierte
Bibliografische Daten sind im Internet über dnb.dnb.de
abrufbar.

TWENTYSIX- der Self-Publishing-Verlag
Eine Kooperation zwischen der Verlagsgruppe Random House
und BoD - Books on Demand

©2017 Bianca Pferrer

Herstellung und Verlag
BoD – Books on Demand, Norderstedt

ISBN: 9783740743284

Ich Bedanke mich bei Markus, der immer an mich glaubt und mich unterstützt.
Danke mein Schatz, ich liebe dich....

Ich bedanke mich auch bei Monika, deren aufmunternden Worte, mich zu weiteren Werken inspirieren.
Danke das du immer für mich da bist wenn ich ein offenes Ohr brauche.

Kapitelauswahl

Kenzi

Kapitel 1	Die Warnung
Kapitel 2	Die Botschaft
Kapitel 3	Das Licht
Kapitel 4	Die Wiedergeburt
Kapitel 5	Nakoa
Kapitel 6	Der Verräter
Kapitel 7	Die Prophezeiung
Kapitel 9	Das Medaillon

Lucas

Kapitel 10	Die Hexe des Lebens und des Todes
Kapitel 11	Tante Beatrice
Kapitel 12	Das Ende ist Nahe
Kapitel 13	Der Dolch des Todes
Kapitel 14	Der letzte Kampf

Kenzi

Kapitel 1-9

Kapitel 1
die Warnung

Kennt ihr das wenn man das beliebteste Mädchen an der Schule ist? Alle Jungs einem zu Füßen liegen und man sich vor Verehrer kaum noch retten kann? Die Lehrer lieben einen und man bekommt immer gute Noten? Ja!? Ich nicht! Wie soll ich es euch sagen? Ich bin nicht das beliebte Mädchen, ich bin auch nicht die Freundin des beliebten Mädchen. Kennt ihr die kleine Streberin die immer lernt anstatt zur Party zu gehen? Die, die immer Freiwilligendienst schiebt? Die kleine graue Maus der niemand Beachtung schenkt?
Sicher die kennt doch jeder! Nein? Dachte ich mir, denn die kleine graue Maus bin ich!
 Ich bin die, die in einem Topf voll Farbe nicht auffällt.. Mein Name ist Kenzi Miller, ich bin 18 Jahre und bis vor 6 Monaten wusste noch niemand dass ich wirklich existiere.. bis zu diesem Zwischenfall, als ich vom Blitz getroffen wurde und ins Koma fiel.. bis zu diesem Moment als ich aufwachte und ich deine Gedanken hören konnte.
Wie es dazu kam? Lasst es mich euch erzählen! Alles fing mit Lucas an. Ihr wollt wissen wer Lucas ist? Kennt ihr den Jungen der alle Mädchen haben kann wenn er wollte? Der schönste der Schule, der Star der Footballmannschaft? Der Prinz vom Abschlussball?
Ja! Ok, aber ich muss euch enttäuschen. Das ist nicht Lucas. Zu diesem Jungen kommen wir auch noch aber später..
Lucas ist der den sie Außenseiter nennen. Nein nicht wie mich, ich bin die kleine graue Maus die niemand sieht, Kenzi? Nein glaube nicht das ich sie kenne! Lucas? Das ist doch der Typ der so unheimlich wirkt! Erkennt ihr den Unterschied? Also wie schon gesagt, es begann mit Lucas und dem Moment als er

mich warnte. Wovor?
 Das will ich euch ja erzählen, also habt Geduld. Es begann vor ungefähr 5 Monaten als ich wie immer alleine in der Ecke sitze und mein Pausenbrot esse,
„Achte auf das Rote Pferd. Es kommt viel zu schnell. Grün ist nicht gleich Grün für alle.." sprach Lucas mich an.
„Wie bitte?"
„Achte auf das Rote Pferd,"
er sah mich ausdruckslos an, seine Augen hatten diese gewisse Furcht in sich.
„Ok ich achte darauf, aber ich bin mir sicher das es kein rotes Pferd gibt."
Er ging wortlos. So, dachte ich, das ist also der Grund warum sie Lucas merkwürdig finden. Doch dieser Satz ging mir nicht aus dem Kopf,
achte auf das rote Pferd?
Was soll ein rotes Pferd sein?
Es kommt viel zu schnell,
klar ein Pferd kann schon schnell sein und wenn man zu Fuß unterwegs ist, durchaus einen umrennen,
Grün ist nicht gleich Grün für alle,
das gibt mir am meisten zu denken. Tage hab ich darüber nachgedacht, was meinte Lucas damit? Warum hat er es zu mir gesagt? Er hat noch nie mit mir geredet.
Klar das tut niemand freiwillig, und wenn dann wollen sie nur Hilfe in Mathe oder Chemie.. also beschloss ich ihn danach zu fragen. Er saß wie immer Abseits aller anderen und starrte mich ungläubig an als ich ihn ansprach,
„Lucas darf ich dich was fragen?"
„Solange du die Antwort verträgst?"
Mir ist vorher nie aufgefallen wie eigenartig er sich ausdrückte.
„Ich wollte wissen was du damit meintest, ich soll auf ein rotes

Pferd achten?"
Er sah mich an und biss in sein Pausenbrot, ich stand wie angewurzelt da, als würde mich sein Blick hypnotisieren, ich konnte mich kaum bewegen und mir wurde diese Situation unheimlich. Er starrte immer noch und ich wurde leicht nervös. Lucas stand auf und lies mich einfach stehen.
„Ich habe dich was gefragt? Und ich verkrafte die Antwort!" schrie ich ihm hinterher, doch es scheint ihn nicht zu interessieren. Das lief nicht besonders gut? Ja, Sicher! Aber ich gebe nicht so leicht auf. Ich folgte ihm heimlich nach der Schule da ich nicht wusste wo Lucas wohnt. Schon die Gegend hier ist etwas unheimlich, diese Ecke der Stadt die jeder gern meidet. Hier stehen alte abbruchreife Häuser in dem mehr oder weniger die Obdachlosen hausen. Ist er etwa Obdachlos? Gänsehaut machte sich auf mir breit. Shit!!
Ich habe ihn verloren! Wo ist er nur hin..? Planlos irrte ich in dieser Siedlung die mich total gruselte.. Vielleicht gibt es hier dieses rote Pferd? Ängstlich lief ich schneller bis ich an einen Maschendrahtzaun ankam, dahinter befindet sich ein Trailerpark. Ich wusste gar nicht das so ein Park bei uns existiert. Wie in Trance stand ich vor dem Zaun und starrte auf einen der Trailer. Es ist normalerweise nicht meine Art aber irgendetwas zog mich zu diesem Trailer.
„Hallo Kenzi, ich wusste das du kommst."
Erschrocken drehte ich mich um, eine Frau mittleren Alters stand vor mir,
„woher wissen sie.."
„wie du heißt? Ich weiß so einiges von dir!"
Ich kannte diese Frau nicht und hatte sie bisher auch noch nie gesehen.
„Ich suche Lucas!"
„Ja weiß ich, aber du bist noch nicht soweit."

„Soweit wofür?"
„Wenn du das nicht weißt dann hast du die Botschaft noch nicht erhalten."
„Welche Botschaft? Ich will doch nur mit Lucas sprechen? Wo ist er?"
Mein Verstand sagte mir, renne weg, doch mein Gefühl sagte mir das ich dringend mit Lucas reden sollte. Die Frau nahm meine Hand und fing an die Linien der Innenseite nach zu fahren,
„Du willst wissen was das Rote Pferd ist? Oh es ist bald soweit, auch das Helle Licht wird dich bald berühren und nach dem Dornröschenschlaf, wirst du alles verstehen. Jetzt geh, wenn du wieder Wach wirst werde ich dich wieder sehen."
Sie redet genau so wirr wie Lucas. Ich rannte so schnell ich konnte nach Hause. Wer war die Frau? Woher wusste sie wie ich heiße? Was meinte sie mit *Dornröschenschlaf* und dem *hellen Licht?* Bald sollte ich alles verstehen.
Nervös und voller Panik über diesen Zwischenfall lief ich in meinem Zimmer auf und ab, draußen vor dem Fenster hinter dem Baum versteckt , sah ich einen Schatten der mich beobachtete. Mit einer Taschenlampe bewaffnet machte ich mich auf den Weg nach zu schauen wer da herum schleicht. Ein mulmiges Gefühl in meinem Bauch riet mir zur Vorsicht. Doch da war niemand mehr. Habe ich mir das nur eingebildet? Nein ich bin mir sicher dass mich jemand beobachtete.
Am nächsten Tag wollte ich nochmal mit Lucas reden, doch er war nicht da. Und der nächste Tag ebenfalls nicht , und der danach und danach.. eine ganze Woche sah ich ihn nicht.
Also beschloss ich wieder zum Trailerpark zu gehen und nach ihm zu suchen. Gerade als ich an der letzten Kreuzung auf das Grün der Fußgängerampel wartete, hörte ich ein lautes Motorgeräusch. Die Ampel wird grün, der Motor wird lauter,

ich betrete die Straße und sah ein Rotes Auto auf mich zu fahren, dann wurde mir schwarz vor Augen...

Als ich wieder zu mir kam, liege ich im Krankenhaus, meine Mom saß neben mir und hielt meine Hand,
„Kenzi Schatz, du wurdest von einem Auto angefahren, er behauptet er hätte Grün gehabt und du wärst einfach über die Straße gelaufen."
Ich verneinte,
„nein ich hatte Grün."
„Aber ihr könnt doch nicht beide Grün gehabt haben."
Es war wie immer, selbst in diesem Moment konnte meine Mom mir kein Vertrauen schenken.
Als ich entlassen wurde und wieder zu Hause war, besuchte mich der Fahrer des Wagens um sich zu vergewissern das ich nicht ernsthaft verletzt war, dabei fiel mir sein Auto auf.
Ein feuerroter Ferrari.
Meine Mom behauptete er fuhr viel zu schnell und wenn wir wirklich beide Grün hatten so sei er schuld, denn er hätte langsamer fahren müssen. In diesem Moment verstand ich Lucas´ Worte zum ersten Mal, das rote Pferd war der Ferrari, der viel zu schnell fuhr, und Grün ist nicht gleich Grün für jeden, sollte bedeuten, weil unsere beider Ampeln Grün hatten. Davor hatte er mich gewarnt, Lucas warnte mich vor diesem Unfall, doch wie konnte er davon wissen? Und wo ist er? Wer war diese Frau im Trailerpark? Panik stieg in mir auf, das helle Licht wird mich bald berühren?! Dornröschenschlaf?! Soll ich etwa 100 Jahre schlafen? Was soll das helle Licht sein? Keine zwei Wochen nach meinem Autounfall sollte ich es herausfinden...

-

Kapitel 2
die Botschaft

Lucas war immer noch nicht in der Schule, was mir langsam eigenartig vor kam. Ich musste ihn finden. Wiedereinmal war ich auf dem Weg zum Trailerpark, doch diesmal war der eigenartige Trailer verschwunden und von der Frau keine Spur. Jeden den ich fragte, kannte weder Lucas noch diese Frau. Merkwürdig? Unheimlich?
Die Lehrer in der Schule wussten auch nur das er sich krank gemeldet hatte. Durch einen Trick besorgte ich mir seine Adresse aus der Schülerakte, doch war es die Richtige?
Sie führte mich weder zum Trailerpark, noch zu einem anderen bewohnten Haus. An der angegebenen Adresse befindet sich nichts..! Ok, nichts ist übertrieben, es ist ein riesiges Grundstück das an einen Wald angrenzt. Aber es befindet sich kein Haus darauf. Wer kann so wohnen? Ist die Adresse falsch? Wie kann das sein? Ich lief in den Wald um mich etwas umzusehen, als plötzlich wie aus dem Nichts, diese Frau vor mir stand. Erschrocken stand ich wie angewurzelt da,
„ich habe euch gesucht, Dich und Lucas! Ist Lucas auch hier?"
Die Frau starrte mich an mit dem selben Blick wie Lucas. Hypnotisierend, furchteinflösend.
„Bitte ich muss ihn dringend sprechen, nur kurz..!"
„Das geht nicht, noch nicht. Er wird mit dir Sprechen wenn du bereit dafür bist."
„Bereit wofür? Ich denke ich bin bereit."
Wieder schaute sie mich hypnotisierend an,
„nein, solange du nur Worte verstehst, bist du noch nicht soweit, Kalea.."
Sie strich mir durch die Haare.
„Ich heiße Kenzi," sie lächelte,

„du bist noch nicht so weit, Kenzi.."
Wer ist Kalea? Und was sollte das wieder bedeuten?
Nur Worte verstehst? Wer ist diese Frau? Wo ist Lucas? Und was hat das mit mir zu tun?
Zu Hause angekommen würde ich gerne mit meiner Mom darüber reden, aber sie hört mir nie wirklich zu.
Ich beobachtete die Sterne, und da sah ich ihn wieder, den Schatten hinterm Baum. Mein Verstand sagte mir bleib weg, doch meine Neugierde drängte mich dazu nachzusehen.
Ich schlich mich nach unten,
„hallo ist da wer? Lucas? Wo bist du?" flüsterte ich, wobei ich mir nicht sicher war dass es sich wirklich um Lucas handle.
Lucas trat ins Licht,
„ich hatte dich gewarnt, warum hast du nicht aufgepasst?"
„Lucas? Wo warst du ich habe dich überall gesucht!"
„Ja ich weiß, aber ich darf nicht mit dir reden."
„Warum nicht? Ich verstehe das nicht? Woher wusstest du von dem Unfall?"
„Ich hab es gesehen!"
„Wie? Ich verstehe nicht?"
„Noch nicht! Kenzi, ich dürfte überhaupt nicht da sein, ich bekam schon ärger weil ich dich gewarnt hatte."
Ich nahm seine Hand um ihn aufzuhalten wobei Lucas zusammen zuckte und sich den Kopf hielt der ihm Schmerzen bereiten zu scheint.
„Lucas? Alles ok? Was ist los? Bitte sag doch was?"
Schmerzerfüllt sah er mich an,
„am Anfang ist das Leben, und am Ende der Tod. Der Tod kommt leise und unverhofft, heute noch gelacht, morgen still..!"
Er ließ meine Hand los und die Schmerzen scheinen zu verschwinden. Bereite ich ihm Schmerzen? Und was sollte das

jetzt wieder heißen? Noch eine Warnung? Muss ich jetzt auch noch sterben? Das Licht!!! natürlich, das Licht nach dem Tod..! jetzt hatte ich Mega Panik! Genau so schnell wie er kam, verschwand Lucas auch wieder und ich stand im Garten mit diesen Rätseln in meinem Kopf und dieser Ungewissheit.

In dieser Nacht schlief ich schlecht, ich träumte von Lucas und mir. Wir waren auf einer Insel am Rande eines Vulkans, es sah wie eine Hochzeit aus. Diese merkwürdige Frau legte uns eine Blumenkette um den Hals und wünschte uns alles Gute, aber sie nannte mich nicht Kenzi, sondern Kalea! Und Lucas nannte sie Keahi! Ich fühlte mich wohl und ich hatte das Gefühl als wüsste ich was Lucas dachte. Verwirrt wachte ich auf! Noch mehr Fragen in meinem Kopf. Ich war nie in Lucas verliebt, er kam auch mir immer sehr eigenartig vor. Aber ich fühlte die Gefühle dieser Kalea, und sie liebte Lucas sehr..
Nein sie liebte Keahi! Diese Frau nannte mich doch Kalea! Ich muss nochmal mit ihr sprechen.. ich muss sie nochmal aufsuchen!
Gleich nach der Schule wollte ich nochmal in den Wald gehen, den ganzen Tag hatte ich diese Bilder meines Traumes im Kopf. Ich spürte ihre Gefühle und Hoffnungen, aber auch ihre Angst, ihre Angst vor dem Ungewissen, so ungefähr wie meine. Plötzlich überkam mich diese Erregung wie wenn mich jemand berührte, mir wurde Heiß und Kalt zugleich..
Ich sah noch mehr Bilder im Kopf, sah mich und Lucas beim Liebesspiel..
Was sollte das jetzt? Tagträume? Ich bin mir sicher ihr seit mittlerweile genau so ratlos wie ich es war! Lucas war wieder in der Schule, ich hatte ihn heute morgen gesehen, ich muss ihn suchen! In der Essenspause wurde ich fündig,
„Lucas, ich muss mit dir reden. Lucas bleib stehen!"

Natürlich versuchte er mir den ganzen Tag aus dem Weg zu gehen,
„Lucas, warte..!"
Ich rannte ihm hinterher, doch er wollte nicht mit mir reden.
„Lucas, Bitte..Keahi!"
Abrupt blieb er stehen, drehte sich aber nicht um.
„Keahi, du weißt wer das ist? Bitte Lucas rede mit mir.."
Er drehte sich zu mir um und nickte,
„und du? Weißt du es auch schon?" wollte er wissen,
„ich hatte diesen Traum, Lucas, von dir und mir, von Kalea und Keahi. Aber ich weiß nicht was es damit auf sich hat. Bitte Lucas, wenn du weißt wer die beiden sind, dann hilf mir zu verstehen!"
Er trat näher an mich heran,
„Du bist Kalea..Kenzi. Der Traum war die erste Hälfte der Botschaft, und nach der zweiten Hälfte kommt das Licht."
Die zweite Hälfte!? Noch mehr Rätsel.
„Ist die zweite Hälfte noch ein Traum? Hattest du auch diese Träume? Weißt du schon alles?" sprudelt es aus mir heraus, Fragen über Fragen.
Gerade als er mir antworten wollte, sah ich meine Mom im Flur stehen die sich mit dem Rektor unterhielt,
„es tut mir Leid, Kenzi, der Schmerz wird mit der Zeit vergehen," sagte er mit gesenktem Kopf,
„wie bitte? Welcher Schmerz?"
Lucas zeigte auf meine Mom und ging.
„Kenzi!!" rief sie, als sie mich sah,
„kleines ich bin gekommen weil etwas passiert ist, ich wollte dich abholen..bitte komm ich erzähle es dir draußen."
Verwirrt lief ich Mom hinterher und warf Lucas einen fragenden Blick beim hinaus laufen zu, der mich traurig an sah.
„Deine Grandma ist heute Nacht verstorben," fing Mom zu

erzählen an,
„sie ist friedlich im Schlaf gestorben. Hatte keine Schmerzen, Kleines."
Wie? Ich hatte gestern erst noch mit ihr telefoniert?!
Das kann nicht sein!

Ich musste weinen und zu Hause schloss ich mich in meinem Zimmer ein, als ich ihn plötzlich fühlte. Ich spürte seine Anwesenheit. Er stand wieder unten versteckt als ich nachschaute,
„du wusstest das sie stirbt, du hast es gesehen das letzte mal als du hier warst, du hast es mir gesagt?"
„Ja! Ich darf nicht hier sein!"
„Das sagtest du bereits, das sagst du jedes mal wenn du hier bist und mich beobachtest. Warum kommst du trotzdem?"
Die Trauer war immer noch in meiner Stimme zu hören.
„Ich fühle mich zu dir hingezogen, Kalea! Ich warte schon so lange auf diesen Moment!"
Lucas lehnte sich gegen den Baum und wich meinem Blick aus.
„Kenzi, ich heiße Kenzi!" Warum nennt mich nur jeder Kalea?
„Wer ist Kalea? Und wer ist Keahi? Und warum muss ich erst die Botschaft erhalten bevor du mit mir reden darfst?" wollte ich wissen, doch seine antworten verwirrten mich nur noch mehr.
„Weil du dann verstehen wirst, und alle Fragen sind beantwortet."
„Wer ist diese Frau aus dem Trailerpark?" löcherte ich ihn mit meinen Fragen weiter, und was meinte er damit, er fühle sich zu mir hingezogen, zu mir Kenzi, oder zu Kalea?
„Wenn du nicht weißt wer sie ist, dann hast du noch nicht verstanden. Ich muss gehen bevor sie bemerkt dass ich weg

bin." antwortete er leicht verlegen.
„Lucas, Lucas.." rief ich ihm nach, doch er verschwand in der Dunkelheit. In der darauffolgenden Nacht träumte ich wieder von Keahi und Kalea, ich sah wie sie ein Baby bekam.
Ich spürte den Schmerz der Geburt, und hörte ihre Schreie wie wenn ich gerade ein Baby entbinde. Doch auch darüber wollte Lucas nicht mit mir reden,
„es ist bald soweit. Hab noch Geduld."
Ich hatte aber keine Geduld mehr und wurde Wütend.
„Wenn du mir nicht sofort sagst was es mit diesen Träumen auf sich hat und wer Kalea und Keahi sind, dann werde ich zu meinem Vater ziehen und werde diese Sache einfach vergessen. Dann wird Keahi noch länger auf seine Kalea warten müssen."
Lucas starrte mich unbeeindruckt an,
„du kannst es nicht vergessen, und du wirst wieder kommen, das Licht wird dich überall finden.."
Plötzlich fiel mir ein dass Lucas es meidet mich zu berühren, jedes mal zuckt er zurück wenn ich ihn anfassen will.
Das werde ich als Erpressung einsetzten.
„Dann werde ich dich jedes mal umarmen wenn ich dich sehe oder irgendwie anders anfassen wenn ich die Gelegenheit bekomme," versuchte ich ihm zu drohen, sprang nach vorne und hielt ihn fest, er wehrte sich nicht.
Doch seine Kopfschmerzen kamen sofort und er sah mich erschrocken an.
„Du hast gelogen!"
„Wobei?"
„Dein Vater! Du kannst nicht zu deinem Vater, er ist Tod! Schon vor deiner Geburt!"
„Woher weißt du das? Ich habe es niemandem erzählt!"
Er wich meinem Blick aus,
„ich sehe es wenn ich dich berühre,"

„kannst du wirklich solche Sachen sehen wenn ich dich anfasse?" Ungläubig versuchte ich alles zu verstehen.
„Nicht nur wenn du mich berührst, egal wen ich berühre!" gab er zu.
„Ich erzähle dir von Kalea und Keahi, aber nicht jetzt, nicht heute. Ich erzähle es dir am Tag des Gewitters, am Tag wenn das Licht kommt,"
ich wollte seine Hand nehmen, doch er wich zurück.
„Wann soll das sein?" ich bekam es mit der Angst zu tun,
„Nächsten Montag!"
Da habe ich Geburtstag..
„Woher willst du wissen das es gewittert, nächsten Montag?" Lucas sah mich nur an.
„Oh, verstehe, du hast es gesehen..!"

Kapitel 3
Das Licht

Den nächsten Montag fürchtete ich genau so wie ich den Gedanken an das Licht fürchtete. Lucas bat mich zum Grundstück zu kommen, zu dieser Adresse die ich damals herausfand. Da meine Mom noch auf Arbeit war, sollte es kein Problem sein. Die Sonne schien und von Gewitterwolken keine Spur. Hatte sich Lucas geirrt, Gewittert es heute etwa doch nicht? Ich beobachtete den Himmel als er aus dem Wald trat und mich musterte.
„Komm mit, ich werde dir erzählen was du wissen sollst.."
Lucas nahm meine Hand und zuckte zusammen,
„nein ich habe mich nicht geirrt, heute Abend wird es ein Gewitter geben."
Woher wusste er was ich dachte? Noch eine Frage auf meiner Liste. Er führte mich in den Wald an einen kleinen Hügel aus Felsen.
„Wo wohnst du eigentlich genau?"
„Bei meiner Tante in der Stadt, aber ich schlafe nur dort, zum Großteil bin ich hier, seit ich es weiß." gab er kühl zur Antwort.
„Was genau weißt du Lucas und seit wann weißt du es?"
Ich traute mich kaum zu fragen.
„Seit meinem 18. Geburtstag.. Ich wusste vorher schon dass ich anders bin, ich fühlte den Schmerz der anderen, die Hoffnungen, die Wünsche..
Doch erst seit diesem Tag hatte ich diese Visionen der Zukunft, diese Träume von Kalea und Keahi.. Und dann kam Renesmee und half mir alles zu verstehen, erzählte mir wer ich bin!"
Renesmee?! Das ist sicher die Frau die ich auch schon traf, dachte ich,
„ja das ist sie! Sie ist unsere Hüterin!" bestätigte mir Lucas,

Hüterin? Von was? Die Gedanken in meinem Kopf drehten sich,
„Ich sagte doch du wirst es erst verstehen wenn dich das Licht getroffen hat."
Lucas sah mich enttäuscht an, ich habe keine Lust mehr, nur noch mehr Fragen, und was soll das Licht sein??
„Ich weiß nicht was genau das Licht ist, ich weiß nur das es heute passiert.
In der Nacht deines 18. Geburtstag."
„Was? Woher weist du dass ich heute Geburtstag habe?"
„Ich kann deine Gedanken hören, Kenzi," antwortete er Stolz, „und wenn du soweit bist dann wirst du auch meine hören."
Ohne Worte! Ich werde ohne Worte sprechen!
„Ja genau, so langsam scheinst du zu verstehen." bestätigte er,
„kannst du das bitte lassen Lucas, bitte höre auf meine Gedanken zu lesen." gab ich energisch von mir.
Zum ersten mal sah ich Lucas lächeln.
„Erzähle mir von Kalea und Keahi, wer waren sie und warum ich, warum soll ich Kalea sein?"
„Ich darf dir nicht alles erzählen, du musst alles selbst heraus finden, ich kann dir nur soviel sagen wie ich dir bereits gesagt habe." erklärte er mir.
„Kannst du die Gedanken von jedem lesen?" fragte ich in der Hoffnung er wird mir mehr erzählen.
„Ja aber nur wenn ich es will..!"
„Dann weißt du was sie alle über dich denken?"
Ich kannte die Antwort, stellte die Frage aber trotzdem.
„Ja das wüste ich auch wenn ich es nicht hören könnte."
Ich nahm seine Hand und zum ersten mal bekam er keine Schmerzen wenn ich ihn berührte. Ich schaute in seine Augen und versuchte seine Gedanken zu lesen, doch es klappte nicht, noch nicht.

„Was denkst du gerade Lucas, ich kann deine Gedanken noch nicht hören."
Er beugte sich zu mir und küsste mich..

Aus der Ferne hörte ich einen Donner, und der Blitz folgte ihm wenige Minuten später.
„Es ist bald soweit, das Licht kommt!"
Renesmee stand hinter uns und streckte ihre Hand nach mir aus. Ich hatte Angst,
„du brauchst keine Angst haben Kenzi, es wird dir nichts passieren, wenn der Dornröschenschlaf vorbei ist, wird er auf dich warten.."
Sie schien meine Gedanken auch zu hören.
„Lucas wird da sein und du wirst alles verstehen."
Ich folgte ihr auf eine Lichtung und schaute zum Himmel als ich verstand, das Licht ist ein Blitz, und er wird mich berühren, ich werde vom Blitz getroffen..
Mein Blick fällt zu Lucas und ich fühlte dass er meine Gedanken las. *Bitte lasse mich nicht alleine, bitte sag meiner Mom Bescheid, bitte sei da wenn ich aufwache..*
Lucas nickte und ich stellte mich mitten auf die Lichtung, breitete meine Arme aus, schloss meine Augen und wartete..
Der Blitz kam schnell, ich spürte wie er meinen Körper durchströmte und zuckte bevor ich Regungslos zu Boden fiel..

Kapitel 4
Die Wiedergeburt

Ich öffnete meine Augen und versuchte zu atmen, ein Schlauch in meinem Hals verhinderte es. Um mich herum piepsten die Maschinen als eine Schwester ins Zimmer trat,
„bitte nicht atmen, bevor ich den Schlauch entfernt habe," gab sie mir zu verstehen und zog den Schlauch heraus.
„So jetzt müsste es gehen, ich hole einen Arzt."
Sie strich mir über die Wangen und ich atmete tief ein.
Ich fühlte wie sich meine Lungen mit Luft füllten.
Der Arzt überprüfte meine Pupillen und gab zu verstehen dass alles in Ordnung sei.
„Wissen sie was passiert ist Ms. Miller?"
„Ich wurde vom Blitz getroffen!" antwortete ich ihm.
„Gut ihr Gedächtnis scheint zu funktionieren. Sie lagen 3 Monate im Koma, wir dachten schon ihr Gehirn hätte einen Schaden genommen, sie wurden mit starken Verbrennungen eingeliefert. Ich gebe ihnen etwas gegen die Schmerzen."
fuhr er fort.
„Wo ist Lucas?" wollte ich wissen, er wollte doch hier sein wenn ich aufwache..
er sollte doch am besten wissen wann das sein wird.
„Lucas?" Der Arzt schaute mich fragend an,
„Oh sie meinen bestimmt den jungen Mann der an ihrem Bett wachte seit sie eingeliefert wurden. Ich lasse ihn ausrufen, ruhen sie sich etwas aus. Ich werde auch ihre Mom anrufen, sie wollte es sofort wissen wenn sie wach werden."
Der Besucher Lucas Brady möge bitte auf Station 2 kommen hörte ich die Schwester ausrufen bevor mich das Schlafmittel ausloggte.

„Kenzi Schatz bist du wach? Kannst du mich hören?"
„Ja Mom ich höre dich" antwortete ich heiser.
„Oh Kind ich dachte du wachst gar nicht mehr auf. Was machst du den für Sachen?"
Meine Mom stand heulend vor mir, ich streckte meine Hand nach ihr aus und strich ihr über die Haare.
„Lucas, wo ist Lucas?" wollte ich erneut wissen,
Ich bin hier, ich war die ganze Zeit über hier
hörte ich seine Stimme.
„Dieser Junge der dich gefunden hat? Er müsste hier irgendwo sein." Sie sieht zur Tür,
„ach da ist er ja, sie hat nach dir gefragt, ich lasse euch einen Moment alleine."
Lucas sieht mich fragend an *wie geht es dir?*
„Danke Gut, und dir?" gab ich zur Antwort und war stolz dass ich seine Gedanken hören konnte. Aber ich hörte nicht nur seine Gedanken, ich hörte die Gedanken eines jeden der sich in meiner unmittelbaren Nähe befand. Mein Kopf dröhnte, und ich hielt mir die Ohren zu.
„Du lernst es auszuschalten, Kenzi. Was weißt du alles?" wollte Lucas wissen. Doch die Gedanken die ich hörte waren so verwirrend das ich selbst nicht klar denken konnte. Meine Mom kam zurück und brachte mir was zu Essen.
„Du musst was essen Schatz."
Ich sah zu Lucas der auf dem Weg zur Tür war,
wir sehen uns, ich komme bald wieder, gab er zu verstehen,
bitte schnell, ich mag nicht so bemuttert werden
Lucas lächelte und schloss die Tür. Ich konnte die Gedanken meiner Mutter hören, sie machte sich Sorgen. Die Oberschwester hatte ein Verhältnis mit dem Arzt, und die Nachtschwester hasste eine Patientin auf Zimmer 101.

(* Gedankenübertragung der Wiedergeborenen)

Ich hielt das nicht aus, wie schaffte Lucas das nur? Er meinte er könne die Gedanken hören, aber nur wenn er es wolle!?
Ich würde lernen es auszuschalten?! Wie soll das gehen? Bitte Lucas, bitte..
Ich brauche dich jetzt! Ich werde noch verrückt!
Verzweifelt vergrub ich mein Gesicht in das Kissen.
Ich weiß du brauchst mich jetzt! Ich darf aber nicht mehr rein, bitte versuche dich zu beruhigen, Kalea! Bald wirst du es kontrollieren können.

Er ist in meiner Nähe, ich höre ihn, fühle seine Anwesenheit. Etwas beruhigter schlief ich ein. Ich träumte von meinem neuen Leben, von Kalea und Keahi, von Renesmee und von dem Baby. Ich sah was ich war, wer ich war, ich und Lucas. Wir waren in erster Linie Telepaten, liebten uns schon eine Ewigkeit, Leben für Leben, immer wieder neu geboren, immer wieder finden wir uns, immer ist Renesmee an unserer Seite uns zu leiten, uns zu beschützen, uns den Weg zu weisen.
Sie ist auch eine Seherin..
Sie sieht die Vergangenheit, Gegenwart, die Zukunft. Kalea war ein Telepath und eine Heilerin, eine Kriegerprinzessin, und Keahi, ebenfalls ein Telepath und ein Empath war ihr Auserwählter. Ihr gemeinsames Baby Nakoa sollte ein ganzes Land führen, sollte den Frieden zurück bringen.
Nakoa war Mächtig. Er war ein Seher, ein Heiler ein Empath und ebenfalls ein Telepath. Zu Mächtig für seine Welt.
Er wurde herrschsüchtig, was Kiana gar nicht passte.
 Kiana war eine schwarze Hexe, die es sich zur Aufgabe machte ihn zu stoppen. Ihn zu töten, in diesem Leben und in jedem Neuen. Jedes mal wenn Nakoa, wiedergeboren wird, so wird auch Kiana wiedergeboren um ihn zu töten.
Kalea konnte dies nicht verkraften und so ging sie einen Deal mit Akamu, einem Mächtigen Zauberer, ein.

Er verfluchte Kalea und Keahi! Immer auf´s neue werden sie geboren, immer auf´s neue müssen sie sich suchen, immer auf´s neue müssen sie Kiana finden und aufhalten bevor sie Nakoa töten kann, sollten sie es schaffen sie zu töten, so wird der Fluch enden und sie leben in Frieden weiter. Immer auf´s neue haben sie es nicht geschafft..
Kiana war zu Mächtig, zu gut vorbereitet, oder der Wiedergeborene Körper noch nicht bereit den Kampf gegen Kiana zu gewinnen. Noch nicht Stark genug, ihre Kräfte noch nicht ausgereift. Akamu schickte Renesmee mit, doch nicht als Wiedergeborene, sondern als Hüterin, Hüterin der Macht und Beschützer der unwissenden Körper, in die Kalea und Keahi hineingeboren werden, in dem sie erwachen, an ihrem 18. Geburtstag.
Diesmal hatte ich vor Kiana aufzuhalten, diesmal werde ich den Fluch brechen.
Als ich wieder aufwachte, wusste ich alles..
Nur nicht wie ich diese Stimmen abschalten konnte!
Konzentriere dich auf eine Stimme, und befiehl den anderen still zu sein.
Scheinbar war Lucas in meiner Nähe denn ich hörte seine Stimme.
Kannst du bitte zu mir kommen?
Ich versuchte mich zu konzentrieren, doch es schien nicht wirklich zu klappen. Die Tür öffnete sich und Lucas trat herein, „bin ich froh dich zu sehen, mein Kopf explodiert gleich! Wie schalte ich diese Stimmen aus?"
„Du musst dich konzentrieren und den Gedanken befehlen still zu sein, es ist schwer aber mit Übung wird es klappen,"
Also Los, Kalea, versuche es..!
Ich kniff meine Augen so fest ich konnte zu und musste leicht schreien „haltet die Klappe...!!" als es still wurde..

Ich hörte nichts mehr, keine Maschinen die piepsten, keine Schritte auf dem Flur, keine durchsagen am Lautsprecher, keine Gedanken. Nur Stille..
Glücklich lächelte ich Lucas zu, doch er schaute mich nur schmerzerfüllt an.
*was ist Los Keahi, was hast du?
„Ich fühle deine Schmerzen"
*warum heilst du dich nicht, Kalea?
„Ich weiß nicht wie? Wie hat sie das immer gemacht?"
Er hielt die Hände über meinen Körper,
*So etwa, nur was sie dabei gedacht hat habe ich nie erfahren.
Ich hielt meine Hand auf meine Brandwunden und befahl zu Heilen.
Ein blaues Licht kam aus meinen Händen und ich spürte wie die Wunde verschwand. Lucas lächelte stolz
*Du lernst schnell
Als die Ärzte mich untersuchten, konnte ich hören wie sie sich über meine schnelle Genesung wunderten.
„Mir geht es gut, ich will nur nach Hause."

Zu Hause angekommen interessierte mich brennend ob Kiana und Nakoa ebenfalls wiedergeboren wurden. Ich schlich mich in den Wald und fand Renesmee's Hütte. Als ich die Tür öffnete saß sie am Tisch und schenkte mir eine Tasse Tee ein,
*hallo Kalea, schön das du endlich wieder da bist
„Woher wusstest du dass ich.. Oh entschuldige Renesmee, ich muss mich erst noch daran gewöhnen.."
Schweigend trank ich meinen Tee und versuchte nicht zu denken, doch ich musste an Lucas denken, und wie er mich küsste kurz bevor ich vom Blitz getroffen wurde. Ich wusste das Renesmee mich lesen würde, also dachte ich auch zwischendurch an Kartoffelpüree, Erdbeermarmelade, und

Seifenblasen. Sie musste lachen,
du hast dich kein bisschen geändert, Kalea, du hast schon immer versucht mich zu verwirren.
„Ich hätte da noch ein paar lustige Katzenvideos" zog ich sie auf.
„Lucas kommt" gab sie zu verstehen und die Tür öffnete sich.
„Er ist erwacht, ich spüre ihn, Nakoa, doch er hat Angst, ich spüre seine Angst.."
„Hast du ihn nicht gesehen, Renesmee?" fragte ich erstaunt darüber das ich seit 30 Minuten bei ihr sitze und sie es nicht erwähnt hatte.
„Meine Macht wurde beeinträchtigt. Die Visionen sind nicht mehr so klar wie früher, ich kann Zukunft und Gegenwart nicht mehr klar erkennen, ich sah Nakoa, doch ich wusste nicht ob in der Zukunft oder der Vergangenheit."
„Was ist mit deiner Macht passiert? Seit wann ist sie beeinträchtigt?" fragte ich besorgt,
Seit dem Unfall, Kalea. Seit sie versucht hat mich zu retten, seit sie versucht hat Keahi zu heilen.
Gab Lucas zu verstehen, verwirrt starrte ich Renesmee an,
„Kiana ist schon da, sie ist immer früher da, seit 3 Leben sehe ich ihre Erwachung bevor Kalea oder Keahi bereit sind."
fing sie an zu erzählen,
„Ich kann nichts tun, sie versucht immer neue Tricks.
Im letzten Leben tötete sie Nakoa, bevor er erwachte, sie tötete seinen Körper noch bevor er überhaupt wusste wer er ist. In diesem Leben legte ich einen Schutz auf ihn damit sie ihm nichts tun kann bis Nakoa erwacht. Im Leben davor tötete sie Kalea´s Körper, und ohne Heilerin sind wir verwundbar. Auch du bekamst einen Schutz von mir. Nur Keahi, also Lucas konnte ich nicht rechtzeitig finden. Kiana fand ihn vor mir und verletzte ihn so stark, dass er im Sterben lag..!

Doch unsere Heilerin war noch nicht geboren, du warst erst 16 Jahre, und noch lange nicht so weit. Keahi war kurz vor der Wiedergeburt und so versuchte ich ihn mit einem Zauber zu heilen. Ein Zauber der mir viel Kraft abverlangte, wobei ein Teil meiner Macht auf Keahi überging. Seither sind meine Visionen verschwommen, und vermischen sich mit der Zukunft, Gegenwart und der Vergangenheit."
„Das ist der Grund warum du ebenfalls Visionen hast Lucas? Seit deiner Erwachung?" mir wurde so einiges klar.
Er nickte..
„Das können wir als Vorteil verwenden! Weiß Kiana es?"
„Ich schätze nicht, jedenfalls machte sie nicht den Eindruck auf mich.. gab Renesmee zu verstehen.
Es könnte aber auch nur ein Trick sein" meinte Lucas.
Ich verspürte Hoffnung und Zuversicht, was Keahi auch spürte, denn er wurde ruhiger und lächelte. Dann fiel mir ein,
wer ist Kiana? In welchem Körper befindet sie sich? Und Nakoa? Wo ist Nakoa erwacht?
Die Antwort sollte mir nicht gefallen...

Kapitel 5
Nakoa

„Kiana ist mächtig geworden, Leben für Leben sammelt sie mehr Energie und ihre Kräfte wachsen. In diesem Leben ist sie so mächtig dass sie es schafft sich abzuschotten. Ich kann sie weder sehen, noch kann Keahi sie spüren. Ich sah auch ihre Erwachung nicht, ich spürte sie nur, was es ihr leichter machte Lucas zu finden. Wir wissen von daher auch nicht in welchem Körper sie erwacht ist,"
Renesmee wirkte leicht besorgt, das konnte ich auch ohne Empathie fühlen.
„Und Nakoa? Wer ist er?"
Meine Aufregung lässt mein Herz pochen und ich sah an Lucas´ Blick das es zu Recht war, er versuchte mir auszuweichen und nicht an ihn zu denken.
Als ich seine Gedanken hören wollte, dachte er an Hundewelpen.
„Lucas!!" ermahnte ich ihn, *Keahi bitte, wer ist Nakoa?*
„Tut mir leid, Kenzi." wich er mir aus und verließ die Hütte.
Ratlos stand ich da und sah Renesmee an
Was sollte das jetzt?
Er sagte dass es dir schwer fallen wird, wenn du hörst wer Nakoa sein wird, da dir dieser Junge viel bedeutet.
Dieser Junge mir viel bedeutet?! Und plötzlich wurde es mir klar!! Es gibt nur ein Junge der mir viel bedeutet, der einzigste Junge der mir überhaupt je Beachtung schenkte, der mich verteidigte wenn sie mich hänselten, der mir ab und zu das Gefühl gibt, auch etwas Wert zu sein. Erinnert ihr euch noch, dass ich euch von dem beliebtesten Jungen der Schule erzählen wollte? Dieser Junge ist Daniel Ackles, und wohnt direkt neben mir! Wir kennen uns schon von klein auf und wo sich

mein Leben in die Richtung der Unsichtbaren gelenkt hat, wurde er einer der Stars der Highscool. Und genau er sollte jetzt das Schicksal von Nakoa tragen? Ihn will Kiana töten sobald sie die Gelegenheit bekommt?
„Ich muss mit ihm reden! Ich muss ihn warnen, fragen was er weiß?" aufgeregt verließ ich ebenfalls die Hütte..
Kalea warte!! Keahi meinte er hätte Angst, dass ist alles zu viel für ihn.. Die Gefühle die er spürt, die Gedanken die er hört, die Visionen die er sieht, den Schmerz seiner bisherigen Leben.. Die Erinnerung an seine Tode!
Ich blieb stehen, und erinnerte mich an meine bisherigen Tode, ich sah Kalea verbrennen, einen Abgrund herunter stürzen, sah wie das Schlangengift sie qualvoll vergiftete, ein Dolch sie durchbohrte, wie sie an einem Baum hing, oder der grausamste, ein Bär sie zerfleischte..
Wie viele Jahre geht das schon so? Wie oft musstest du unseren Tod mit ansehen?
Renesmee trat vor mich und strich mir über die Wange um eine Träne zu trocknen,
„Viele Monde gingen ins Land, Viele Jahrhunderte vorüber.. Viel zu lange geht dieser Kampf schon und es wird Zeit dass wir ihn beenden."
Ich nickte und ging wortlos davon.

Zu Hause stand ich vor Daniel´s Haus und versuchte ihn gedanklich zu rufen, doch er antwortete nicht.
„Er ist nicht hier! Ich spüre ihn nicht!"
Lucas stand hinter mir und hielt ein Medaillon in der Hand. Ich erinnerte mich an dieses Medaillon, ich hatte das selbe. Daniel und ich fanden es auf einem Flohmarkt, es zog uns magisch an und die Frau die es verkaufen wollte, schenkte es uns als Daniel meinte es wäre zu teuer. Wir waren etwas

verwirrt darüber, mussten es aber trotzdem nehmen, und wie in Trance legten wir es uns um den Hals.
Das gehört Daniel! Wo hast du es gefunden?
Lucas zeigte auf das Blumenbeet vor Daniel´s Fenster und es sah so aus als ob jemand versucht hätte einzubrechen.
„Siehst du ihn? Weißt du wo er ist?"
„Nein ich weiß nicht wo er ist, ich sah nur wie er sich das Medaillon vom Hals riss und in das Beet schmiss. Kenzi, du weißt das dies euer Schutz-Medaillon war, dass euch Renesmee gab, um euch zu schützen?"
Ja das wurde mir gerade klar,
„heißt das er läuft ohne Schutz herum und kann seine Kraft nicht kontrollieren?" fragte ich verzweifelt.
„Er weiß wer er ist, was er fühlt, was er sieht, aber er weiß nicht wie er es gegen Kiana einsetzten kann. Das weiß ich nicht mal selbst. Wie soll man eine schwarze Hexe aufhalten wenn man nur die Gefühle der anderen spürt?"
Lucas schien sehr verzweifelt zu sein.
„In dem wir sie Töten, so wie sie uns getötet hatte, mit einem Dolch, mit Feuer, mit Gift und wenn nötig mit einem wilden Tier.."
Lucas sah mich an als wolle er mich für verrückt erklären lassen.
Sie ist eine schwarze Hexe, Kalea, du kommst gar nicht nah genug an sie ran um sie auf diese Weise zu töten
„Dann müssen wir ebenfalls schwarze Magie anwenden, wir leben im 21. Jahrhundert, und da dürfte es ein leichtes sein sie zu erlernen."
„Wir leben im 21. Jahrhundert, genau! Und in diesem Jahrhundert praktiziert man keine schwarze Magie!"
Sicher?
Ja ich bin mir sicher..

Scheinbar hatten wir eine Meinungsverschiedenheit.
„Was ist mit Renesmee und ihre Schutzzauber, oder ihr Heilungszauber?" fragte ich energisch.
„Das ist weiße Magie und nicht stark genug sonst hätte sie Kiana schon längst getötet."
„Wo weiße Magie ist, ist auch schwarze Magie.. und wenn Kiana ihre Magie in diesem Jahrhundert stärken kann, so können wir sie erlernen und gemeinsam gegen sie vorgehen." diskutierte ich mit Lucas,
„und jetzt lass uns Daniel suchen!"

Wir fanden Daniel in der Schule unter der Tretbühne, wo sich die Sportler normalerweise immer versteckten um zu Kiffen. Dort führte mich Daniel auch mal hin, als ich mich schlecht fühlte und er mich aufbauen wollte.
„Hallo Kenzi, ich wusste dass du kommst.. ich habe es gesehen, und ich fühle auch das du dich sorgst, ich verstehe nur nicht warum."
*Du bist die Wiedergeburt von..
„Nakoa! Ich weiß, Kenzi. Aber wieso ich? Wieso du ?
Bei Lucas hätte ich es ja noch verstanden, aber ich.."
*Du weißt das ich auch hier bin, Daniel?
Lucas sah etwas verärgert aus.
*Ja das weiß ich deshalb habe ich es ja gesagt, Lucas..!
„Jetzt hört auf zu streiten, wir müssen zusammen arbeiten, lasst uns zu Renesmee gehen und ihr unseren Plan erklären!"

*Weißt du wer Kiana ist?
Wollte Lucas wissen als wir auf dem Weg zur Hütte waren.
„Nein aber ich kann sie spüren! Sie ist immer in meiner Nähe seit ich erwachte."
„Du kannst sie spüren??" meine Überraschung konnte man mir

im Gesicht ansehen.
„Ja du etwa nicht Lucas?"
„Nein, sie schottet sich vor mir ab.. und du bist viel stärker als ich, deine Kräfte viel ausgeprägter als meine, das wird der Grund sein warum du sie fühlst."
Kurz vor der Hütte blieben beide plötzlich stehen und starrten sich an.
*Fühlst du es auch? Wollte Daniel wissen und Lucas nickte hastig,
*Was? Was ist Los?
Sie nahmen meine Hand und rannten los.. Doch wir kamen zu Spät..
Renesmee lag in ihrer Hütte, blutüberströmt, ihre Augen waren Weiß und ihre Haut glich einer alten Frau. Kniend saß ich neben ihr und versuchte sie zu Heilen, doch das blaue Licht brachte sie uns nicht zurück.
*Mache ich etwas Falsch? Warum klappt es nicht?
Daniel versuchte mich von ihr weg zu ziehen,
„du kannst nur Wunden heilen, und keine Toten zurück holen, Kalea!"
*Nein dass kann nicht sein. Sie ist unsere Hüterin, sie kann nicht Tod sein. Wer soll uns jetzt leiten? Wer hilft uns jetzt Kiana zu stoppen.
Ich wurde wütend,
„Daniel, du fühlst Kiana! Ich muss wissen wer sie ist, und sie wird dafür bezahlen. Das war das letzte Leben dass sie lebte, ich werde sie vernichten.."
Entschlossen Kiana zu Töten verließ ich den Wald.
Erst später wurde mir bewusst, ohne Renesmee werden wir in einem neuen Leben nicht wissen wer wir sind und was wir tun müssen.
*Wir müssen Kiana aufhalten.. in diesem Leben!

Kapitel 6
der Verräter

Keahi´s Visionen führten uns an die hiesige Uni, an der ein gewisser <u>Edward Alexander Crowley</u> die Geschichte der dunklen Magie unterrichtet.
„Ist doch immerhin ein Anfang" versuchte ich die beiden zu motivieren.
Wir wussten immer noch nicht wer Kiana ist und wie sie es schaffte Renesmee zu töten. Wir saßen im Studentensaal und lauschten seinen Worten als Daniel plötzlich starke Kopfschmerzen bekam.
*Was ist los, Nakoa? Was siehst du?
*Seinen Tod! Crowley´s Tod! Kiana weiß was wir vorhaben und versucht alle auszuschalten die uns helfen könnten.
Wir mussten dringend wissen wer sie war und wie wir sie aufhalten können. Ich beschloss in seiner Nähe zu bleiben, zum einen damit ich ihn Heilen konnte wenn er verletzt wird, zum anderen bekam ich dann vielleicht heraus wer Kiana ist.
Ich folgte ihm also auf Schritt und Tritt und saß bereits seit einer Stunde in seinem Vorgarten als Daniel dazu kam.
„Es gibt nichts neues, jedenfalls machte er nicht den Eindruck als würde er bedroht werden, und bei euch? Habt ihr in den Büchern etwas gefunden?" wollte ich wissen,
„ja. Einen Spruch der die Gedanken offen legt."
Daniel grinste mich an.
*Ich kann bereits die Gedanken hören.
Wir hatten also nicht wirklich viel erreicht.
„Du weißt das er dich liebt?" fing Daniel ein Gespräch an,
„Wer Keahi? Natürlich weiß ich das!"
„Nein ich meine Lucas! Er liebt dich, Kenzi!"
Ungläubig schaute ich ihn an,

„nein du meinst Keahi! Und es sind unsere 2ten Seelen die sich lieben."
Nein ich meine Lucas!
Wie bitte?
„Ich fühle seine Liebe zu dir."
„Und du bist dir sicher dass du nicht Keahi´s Liebe spürst?"
Ich wurde leicht nervös.
„Ja bin ich, wenn ich in seine Gedanken sehe, dann sehe ich Lucas´ Gefühle zu Kenzi, diese Gefühle die er schon vor Keahi hatte."
Genau in diesem Moment wünschte ich mir auch Emphatische Fähigkeiten zu haben. Um so mehr ich darüber nachdachte, wie es sein kann das Lucas, mich Kenzi lieben könnte, um so mehr kribbelte es in meiner Magengegend und Daniel fing zu lachen an,
„ich wusste das du ihn ebenfalls magst."
Am nächsten Morgen wollten wir Kontakt mit Crowley aufnehmen, in der Hoffnung er könnte uns etwas über Kiana erzählen. Er wusste tatsächlich etwas.
„Vor etwa 500 Jahren gab es eine schwarze Hexe Namens Kiana Piripi, sie lernte die schwarze Magie gerade erst, war also eine Hexe in Ausbildung, keinem ist bekannt was mit ihr geschah. Sie verschwand aus heiterem Himmel. Man sagte dass sie einen Zauber anwandte der sie in ein anderes Leben brachte. Warum interessieren sie sich für Kiana Piripi?"
„Wir schreiben unsere Bachelorarbeit über die schwarzen Hexen des 15. Jahrhundert, und da ist uns ihr Name aufgefallen" konterte Lucas geschickt.
„Sagen ihnen die Namen Kalea Huhana und Keahi Manuka etwas?" wollte Daniel wissen als Crowley ihn ernst musterte.
„Nein und ich denke sie sollten jetzt gehen, ich habe noch Termine," hastig schob er uns zur Tür.

Er lügt, ich konnte es fühlen
Und ich fühlte seine Angst als wir nach Kiana fragten
Er verheimlicht etwas, er kennt uns und unsere Geschichte, er weiß etwas..
Er sagte Kiana war eine Hexe in Ausbildung, aber wer bildete sie aus? Und wenn man es erlernen konnte, so könnten wir es doch auch erlernen. Lucas beschloss die nächste Nachtwache vor Crowley´s Haus mit mir zu halten. Wieder einmal saßen wir in seinem Vorgarten.
„Du hast mir nie erzählt wie Kiana versuchte dich zu töten, damals vor deiner Erwachung, als Renesmee dich heilen musste." fing ich ein Gespräch an.
„Es ging alles sehr schnell, ich fühlte dass mich jemand beobachtete, wusste aber nicht wer, als ich alleine zu Hause war, und ein Glas Wasser einschenkte, hatte ich das Gefühl als wenn mir jemand den Hals zu drückte, und ich rang nach Luft, eine unsichtbare Macht die versuchte mich zu erwürgen.
Als ein helles Licht im Raum erschien, sah ich ihre Umrisse. Sie zog ein Dolch und stach ihn mir in die Brust, der Schmerz war unheimlich und ich fiel in Ohnmacht. Als ich wieder zu mir kam, versuchte Renesmee mich zu heilen, ich lag in einer Höhle, um mich herum schwarze brennende Kerzen und sie sprach etwas unverständliches, was sich wie Latein anhörte, dieses helle Licht trat aus ihr heraus und strömte in mich. Das war der Moment als ich dann auch zu Keahi erwachte, mit der Macht zu Sehen."
„Das muss ja schrecklich für dich gewesen sein, vorher nicht zu wissen was mit dir passiert? Ich hatte wenigstens dich und Renesmee die mich etwas darauf vorbereiteten."
Er nickte,
„ich hatte vorher auch schon diesen Traum von Kalea und Keahi. Nur vermischte er sich mit meinen anderen Träumen

von dir und mir. Ich konnte nichts damit anfangen, und da ich schon immer die Gefühle der anderen spüren konnte, habe ich mir nichts dabei gedacht."

„Was meinst du mit den anderen Träumen von dir und mir?" wollte ich wissen und musste dabei an das Gespräch zwischen Daniel und mir denken.

Das weißt du bereits, dass kann ich fühlen..

Gerade als ich mich zu ihm beugen wollte um ihn zu küssen, bemerkten wir in Crowley´s Schlafzimmer ein helles Licht und rannten los. Als wir bei Crowley ankamen sah ich wie Blitze aus seiner Hand strömten und er etwas wie

pythonissam vade a me
et non ad me in virtute

von sich gab und eine unsichtbare Gestalt durch das Fenster fiel. Erstaunt schaute ich ihn an,

Was zum Teufel..??

"Der Teufel hat nicht viel damit zu tun." sprach Crowley und wisch sich die Splitter aus der Jacke. Ich sah zu Lucas der zu wissen schien was hier vorging..

Akamu!!

"Hallo Keahi, Kalea! Schön euch zu sehen, lebendig..!
Und ich bin mir sicher dass Nakoa bereits auf den Weg hierher ist da er spürt das ich gekommen bin."

"Wieso bist du hier? Du warst noch nie hier, in keinem Leben kamst du um uns beizustehen" wollte Lucas wissen.

"In keinem Leben wurde eure Hexe getötet, Keahi, ich sah den Tod von Renesmee, sie war unvorsichtig. Sie opferte ein Teil ihrer Macht um in diesem Leben alles beenden zu können, weil sie der Meinung war, dass dieses Leben das Ende wäre. Das der Junge der als Empath geboren wurde, diesen sinnlosen Kampf den Kiana führte, beenden könne..

Sie versuchte dich mit einem Zauber zu heilen der ihr bis zu

diesem Moment noch nie gelang, und ging das Risiko ein ihre Unsterblichkeit zu verlieren. Das nutze Kiana und tötete sie..
Ich bin gekommen um den Sohn von Leilani zu beschützen. Lucas du bist der direkte Nachkomme von Leilani, deine Blutlinie reicht bis in unser Jahrhundert zurück, du wurdest nicht nur als Keahi wiedergeboren, du bist Keahi! Deshalb wollte sie dich nicht sterben lassen."
Lucas sackte auf die Knie und stützte sich mit den Händen auf den Scherben ab.
„Hallo Nakoa, ich wusste du kommst mich ebenfalls besuchen."
Daniel stand vor dem zerbrochenem Fenster und schaute uns an,
„wie ich sehe hattet ihr euren Spaß auch ohne mich, Hallo Akamu!"
Akamu hielt die Hände nach vorne und sprach,
illud rursus novus omnes
die Fensterscheibe setzte sich wieder ein.
"Wir wollen doch nicht das die Nachbarn alles mitbekommen" scherzte er,
vulnera sanaret
und Lucas´ Wunden an den Händen verschwanden.
*Das kann ich selbst, ich bin die Heilerin..
„Du kannst noch viel mehr, Kalea, du musst nur in dich vertrauen. Du musst dich an das erinnern was Renesmee dir bei brachte, bevor dieser Kampf begann. Erinnere dich an dein Leben, erinnere dich an die Magie die du gelehrt hast. Erinnere dich daran was du Kiana beigebracht hast!"
„Ich Kiana beigebracht habe? Ich soll ihr die schwarze Magie beigebracht haben?" entsetzt schaute ich ihn an,
„es gibt keine schwarze oder weiße Magie. Es gibt die Hexerei, die guten Zauber und die bösen Zauber, was du mit der Kunst

anstellst, macht dich zu einer weißen oder einer schwarzen Hexe."
Crowley holte aus dem Regal ein altes Buch und gab es mir
De antiquorum artibus et habentis maleficia
stand darauf geschrieben.
Alte Kunst der Hexerei
Ich erkannte dieses Buch, es war Kalea´s Buch. In diesem Buch schrieb sie alles auf. Alle Zaubersprüche die sie kannte und die sie lehrte.
"Keahi, erinnere dich wer du warst," meinte Akamu zu Lucas, „du warst nicht nur ein Empath, sondern auch ein großer Krieger. Du fühltest nicht nur deine Gegner lange bevor sie angegriffen haben, du konntest sie auch mit der Macht deiner Gedanken besiegen. Du konntest Dinge bewegen mit der Macht deiner Gedanken. Lucas du bist der direkte Nachkomme von Leilani, sie war eine Hexe mit der Fähigkeit der Telekinese. Du wurdest als Empath geboren, also besitzt du auch die Macht der Telekinese, mit etwas Übung kommt der Krieger in dir heraus, der du einst warst."
Crowley wandte sich an Daniel,
„und du? Du bist alles in einem.. Du bist die Wiedergeburt unseres Heilands, unser Seher der uns die Zukunft sagen sollte, unseres Emphaten, der uns vor Gefahren warnen sollte, unser Heiler, der unsere Wunden flicken sollte, du weißt bereits warum dich Kiana töten will, in jedem Leben..!"
Daniel nickte,
*Ich bin der Verräter.. ich habe mein Volk verraten!!

Wir standen in Crowley´s Wohnzimmer und mussten unser neues Wissen erst mal verarbeiten. Gespannt las ich in dem Buch das er mir gab, Lucas starrte auf einen Becher und versuchte ihn zu bewegen, was ihm aber nicht gelang.

Wütend schmiss er ihn gegen die Wand.
„Du lernst es schon noch, hab Geduld." meinte Daniel.
"Du brauchst einfach etwas Übung,"
*Sag du mir lieber was du mit Verräter gemeint hast..!
Lucas sah noch wütender aus als vorher und ich schaute die beiden ernst an.
*Nicht schon wieder streiten.
 Er verließ das Zimmer wortlos. Daniel blätterte verlegen in einem Buch.
„Du hast uns nicht verraten, da bin ich mir sicher," versuchte ich ihn aufzuheitern.
„Woher willst du das wissen Kenzi? Als Kalea standest du auch hinter mir und hast mich verteidigt, du sagtest eine Mutter würde auch ohne Empathie spüren wenn ihr Sohn ein Verräter wäre, und du hast dich geirrt..
Hast du dich niemals gefragt wie ich starb? Wie Nakoa zu Tode kam? Wieso wir Leben für Leben verlieren? Wieso Kiana nicht will das ich Wiedergeboren werde?"
Ich hatte keine Antworten auf die Fragen die er mir stellte, hilflos suchte ich den Blick von Crowley.
*Du warst es Kalea, du hast Nakoa getötet, um ihn zu retten, um ihn vor Kiana zu verstecken tötest du ihn und schicktest ihn in ein anderes Leben.
„ICH HABE WAS GETAN?" schrie ich Crowley an,
„Du kamst zu mir und batest mich um einen Wiedergeburtszauber," fing er an zu erzählen,
„du warst der Meinung wenn Nakoa Tod wäre, würden die Leute aufhören gegen ihn zu Hetzten, doch Kiana fand es heraus, und wandte den Zauber bei sich selbst an um ihm zu folgen und ihn zu töten. Und so sollte ich auch dich und Keahi nachschicken um sie aufzuhalten. Ich wusste das es schwirig werden würde in die neuen Körper zu gelangen und so schickte

ich Renesmee durch die Zeit.. Euch zu beschützen und euch zu leiten. Doch immer kam sie zurück und berichtete von eurem Tod, und dass sie versagt hatte. Sie sah, bei ihrem letzten Besuch, kurz nach eurem Tod im vergangenen Leben, die Geburt eines Empath in einer Zeit wo die Magie längst erloschen ist. Und sie wusste das dies das Ende sein kann, denn nur ein direkter Nachfahre wäre Mächtig genug um den Fluch zu brechen, also beschloss sie all ihre Hoffnungen in diesen Jungen zu setzten. Auch Kiana sah diesen Empath und verhinderte durch einen Zauber das Renesmee ihn findet."
Ich hörte Crowley´s Worte, doch verstand sie nicht, „wer ist Kiana? In welchen Körper wurde sie geboren?" wollte ich erneut wissen,
„Diese Antwort kannst nur du dir geben, du wirst einen Zauber finden und sie aufspüren."
Einen Aufspürungszauber! Darüber habe ich doch gelesen. Das ist ein Zauber der verlorene Seelen wieder finden soll. Ich blätterte weiter im Buch, die Zaubersprüche faszinierten mich, ich konnte mir nicht vorstellen das ich jemals all diese Sprüche auswendig wusste und anwandte. Etwa in der Mitte des Buches fand ich einen Erinnerungszauber, ich beschloss ihn mir zu merken, denn ich wollte mich erinnern. Erinnern an die Zeit als Nakoa uns verriet, ich wollte mich erinnern wie es dazu kam dass Kalea den Entschluss fasste, ihren Sohn zu töten und ihn in ein neues Leben zu schicken. Heimlich riss ich die Seite heraus.
Es ist spät geworden und wir machten uns auf den Weg nach Hause. Schweigend liefen wir die Straße entlang als Lucas plötzlich zu Boden fiel und bewusstlos liegen blieb.
„Lucas was ist los?"
Nakoa tu doch was!!
Daniel stand wie angewurzelt da und konnte sich nicht

bewegen. Wie wenn eine unsichtbare Macht ihn festhielt.
Und da hörte ich sie zum ersten Mal, ich hörte Kiana´s
Stimme:
*Hallo Kalea, so sehen wir uns wieder, hahaha oder hören wir
uns wieder. Sie dich an! Einst warst du eine große
Kriegerprinzessin, eine Mächtige Zauberin, mein Vorbild..
doch sieh an was aus dir geworden ist, ein Ängstliches Kind
das keine Ahnung hat auf was sie sich da einlässt. Bist du
bereit zu Sterben?
„NEIN KIANA ICH WERDE NICHT STERBEN, ICH
WERDE KÄMPFEN, ICH WERDE DICH BEKÄMPFEN,
BIST DU BEREIT ZU STERBEN?" schrie ich in die Nacht.
*und wie willst du das anstellen? Dein Empath habe ich außer
Gefecht gesetzt, und der Verräter? Sie ihn dir doch an! Vor
Angst gefesselt, bereit dich zu opfern um sein eigenes Leben zu
retten.
Ich sah zu Daniel der verzweifelt versuchte sich zu befreien.
Kiana schien ihn zu berühren, denn er wich mit dem Kopf
zurück.
*tztztz Nakoa, einst ein gefürchteter Herrscher der seine Seele
verkaufte für ewiges Leben? Und was hast du jetzt davon? Du
verrietest deine Eltern, deine Geliebte, dein Volk...
und trotzdem wirst du sterben, Leben für Leben, durch die
Hand die du einst verraten hast, die Hand deiner Geliebten..
Lucas fing an wild zu zucken und schäumte aus dem Mund.
Ich beugte mich über ihn, seine Haut glühte und er verdrehte
die Augen dass fast nur das weiße sichtbar war. Ich versuchte
ihn zu heilen doch es schien nicht zu funktionieren.
*Spare dir deine Kräfte Heilerin, es wird nicht klappen.. er
steht unter meinem Zauber und ich entscheide ob er stirbt.
„NEIN ER WIRD NICHT STERBEN HEXE!!"
Plötzlich fiel mir Crowley´s Abwehrspruch ein,

„pythonissam vade a me et non ad me in virtute"
Wie bei Crowley kamen auch aus meinen Händen Blitze heraus, und es wurde still.
Daniel konnte sich wieder bewegen und rannte auf uns zu, Lucas hörte auf zu zucken und sah uns an,
„was ist passiert?" wollte er wissen.
Sein Körper glühte immer noch und er zitterte vor Kälte.
„Kiana! Sie hat dich verhext! Du stehst unter ihrem Zauber, ich weiß nicht ob ich sie verscheucht habe oder ob sie von alleine ging, jedenfalls ist sie jetzt weg, und du hast Fieber Lucas, du glühst richtig.."
Daniel brachte ihn zu mir nach Hause, meine Mom war immer noch bei meiner Verwandtschaft zu Besuch die sie wegen der Beerdigung besuchte und ich legte einen Schutz-Zauber auf das Haus den ich aus dem Buch kannte. Lucas´ Körper glühte, trotzdem war ihm kalt, dass ich nicht genug Decken hatte um ihn zu wärmen.
„Da nobis per manum frigus,
calorem et lucem"
sprach Daniel und hielt seine Hände über Lucas, sofort wurde ihm wärmer und er schlief ein.
Überrascht schaute ich zu Daniel,
„nicht nur du warst eine große Hexe, Kenzi! Auch ich erlernte die Kunst der Hexerei."
*Du kannst dich daran erinnern? An die Sprüche?
„Gute Nacht Kenzi, versuch etwas zu schlafen.." wich er mir aus und legte sich vor Lucas´ Bett.
Ich wachte neben Lucas der die ganze Nacht im Fieberdelirium etwas vor sich hin murmelte, versuchte ihn zu beruhigen in dem ich seine Stirn mit einem feuchten Tuch kühlte.
Zwischendurch versuchte ich ihn zu Heilen, doch es schlug nie an. Wenn wir es nicht irgendwie schaffen sollten, Lucas von

dem Zauber zu befreien, dann würde er noch innerlich verbrennen. Während ich versuchte ein bisschen zu schlafen, gingen mir Kiana´s Worte durch den Kopf. Was meinte sie damit Daniel würde mich opfern um sein Leben zu retten? Und hatte ich richtig verstanden, Kiana war die Geliebte von Nakoa?? Ich musste jetzt endlich alles verstehen. Nahm den Erinnerungszauber aus meiner Jackentasche und beschloss ihn anzuwenden.
Vorsichtig faltete ich das Blatt auf und las die Anweisung die darauf stand

Um dich zu erinnern brauchst du eine Haarsträhne, der Person durch dessen Augen du sehen willst, lege sie in eine Schale und beträufle sie mit Tropfen deines Blutes, zünde sie an und sprich folgende Worte:

statim oblitus essem,
quid meminisse me
Quid tu vides me videbunt

Na das sollte ja nicht so schwer sein. Ich wollte durch alle drei Augen sehen, und so schnitt ich Daniel und Lucas eine Haarsträhne ab, küsste Lucas auf die Stirn, sie glühte immer noch dass ich mich fast verbrannte, holte eine Feuerfeste Schale aus der Küche und setzte mich ins Wohnzimmer.
Ich fing mit meiner Strähne an, kurz nachdem ich den Inhalt anzündete und die Worte sprach, sah ich verschiedene Bilder vor mir, ich sah wie ich geboren wurde, wie ich in den anderen Leben lebte und starb, plötzlich wurde alles klar, ich stand in einer Hütte und las Zaubersprüche als ein Mann herein kam, er

war groß und kräftig, seine blauen Augen strahlten mich an und er küsste mich. Keahi.. Er erzählte mir von dem Kampf den er heute führen musste, wie er seinen Gegner ausschaltete mit der Kraft der Telekinese, ich fragte ihn nach Nakoa,
„es gibt nichts neues, mein Herz. Sie wollen ihn morgen Hängen, ich kann spüren das er Reue zeigt, aber sie haben seine Kräfte blockiert sodass ich kein Kontakt aufbauen kann."
Ich fühlte den Stich in Kalea´s Herz den Keahi´s Worte ihr versetzten. Ich spürte wie sie den Entschluss fasste, Nakoa zu töten und ihn in ein anderes Leben zu schicken, sah wie sie Akamu anflehte ihr zu helfen.
Ich sah wie sie einen Unsichtbar-Zauber bei sich selbst anwandte, um unbemerkt zu Nakoa zu gelangen, sah wie sie sich mit ihm unterhielt,
„ich muss dich töten mein Engel, aber du wirst Wiedergeboren um zu beweisen wie alles geschehen ist, um zu beweisen das du unschuldig bist."
„Wie soll ich das beweisen Mutter? Ich bin schuldig. Ich verriet die Macht der Unsterblichkeit, lieferte euch ans Messer, im Gegenzug dass ich verschont bleibe, das ich als einziger das ewige Leben erhalte. Sie hatte mich getäuscht, ich war Blind und habe es zu Spät erkannt."
„Mach dir darüber keine Sorgen, ich werde mich um alles kümmern."
Nakoa sah aus wie Daniel nur etwas Älter, er war gebrechlich, und ich sah die Angst in seinen Augen.
„Hier trink diesen Trank! Er wird dich in dein neues Leben schicken."
„Werde ich dich je wieder sehen Mutter?"
„Wenn es Kaneloa* will, so werden wir uns im Land der verstorbenen Seelen wiedersehen," beruhigte ich ihn.

(***Kaneloa**: Herrscher des Landes der verstorbenen Seelen)

Nakoa trank den Becher leer und fiel in ein Fieberdelirium, seine Augen verdrehten sich wie Lucas´ Augen und er schäumte ebenfalls aus dem Mund.
Zuckend lag er auf dem Boden und Kalea sprach die Worte:
da ei viribus donec iterum
conveniant in novam vitam

„Was hast du getan? Wo schickst du ihn hin?"
Kalea blickte auf und eine zierliche Frau, Anfang 20, mit Lachs blondem Haar stand vor ihr.
„Kiana! Ich schicke ihn in ein anderes Leben, dort wird er Reue zeigen und in Frieden leben."
„Nein er ist ein Verräter, er verriet uns und zeigte unseren Gegnern unsere Schwachstelle und wie sie uns vernichten können. Er muss sterben, für immer!! Kanaloa* wartet schon auf ihn. Wenn du ihn nicht gehen lässt so werde ich ihn suchen und ihn töten..!"
„Kiana, bitte.."
„Schweig, Hexe.. ich werde verraten was du getan hast und dann werde ich Nakoa suchen und ihn vernichten..!"
So schnell wie sie auftauchte, so schnell verschwand sie wieder. Ein helles Licht trat aus Nakoa und verschwand in der Dunkelheit. Kalea strich ihm über´s Gesicht, es war kalt, er lag Regungslos da, sein Körper war Tod.
„Lebe wohl, mein Engel."
Als sie zu Hause an kam, wurde sie schon von Renesmee erwartet.
„Hallo Schwester, wie ich sah hast du Nakoa weiter geschickt?!"
„Ja aber Kiana hat mich erwischt, und sie war sehr erzürnt darüber," Renesmee hielt eine Kristalkugel in der Hand,

(***Kanaloa:** Gott des Todes, der Dunkelheit und des Ozeans)

„ich sah auch sie, und sie wird im nach gehen, und ihn Töten,"
sprach sie.
„Ich habe vorgesorgt, ich schickte ihn mit all seiner Macht, er wird sich in dem neuen Leben an alles erinnern können und er wird Kiana aufhalten."
Kalea schien zuversichtlich, doch Renesmee hatte Zweifel.
„Nein Schwester, du schicktest ihn in ein neues Leben ohne seine Macht, ich habe es gesehen. Du schicktest ihn in einem Körper, der keine Ahnung hat wer Nakoa war, der schwach ist und mit seinen Kräften nicht klar kommt. Die Empathie wird den Körper zerreißen, die Visionen den Verstand zerstören, er wird nie seine volle Macht erlangen, immer schwach sein und Kiana wird ihn töten."
Kalea fing an zu weinen. Sie wusste dass die Visionen ihrer Schwester immer die Wahrheit waren.
„Was kann ich tun, Renesmee? Ich muss sie aufhalten, ich werde zu Akamu gehen und ihn nochmal um Hilfe bitten."
„Ich werde dich begleiten Kalea, wir werden einen Weg finden."
Ich sah wie sie Akamu nochmal aufsuchten, er schien sie erwartet zu haben,
„es gibt nur einen Weg Kiana zu stoppen,"
Akamu stand mit dem Rücken zu uns und braute einen Trank.
„Nur ein Kind reines Blutes, frei von jeglicher Sünde, wird in der Lage sein, sie zu töten."
Er drehte sich zu uns um,
„Kalea ich werde dich ebenfalls in ein neues Leben schicken, du musst diesen Jüngling finden, und mit ihm gemeinsam den Kampf gegen Kiana antreten, ich werde auch Keahi mitschicken, gemeinsam werdet ihr es schaffen, doch Vorsicht! Eure Macht ist nicht vollständig, ihr müsst euch erst erinnern, sie neu erlernen, sie müssen neu wachsen."

Kalea nickte und trank den Trank..
fiel zu Boden und das Licht verließ ihren Körper..

„Was hast du gesehen, Kenzi?"
Erschrocken drehte ich mich um, Lucas stand hinter mir, eingehüllt in eine Decke. Er sah schrecklich aus, seine Haut war blass, und der Schweiß stand auf seiner Stirn.
„Lucas! Du solltest nicht aufstehen, du hast Fieber."
Er setzte sich neben mich und las die Seite aus dem Buch.
„Kannst du dich erinnern?"
Seine Stimme war heißer, ich hielt ihm Daniel's Haarsträhne entgegen,
„ich sah mit Kalea's Augen, und jetzt will ich durch Nakoa's Augen sehen. Bleibst du bei mir?"
Lucas nickte, und gab mir die Schale.
Wie bei Kalea sah ich Nakoa's vorherige Leben, doch ich sah nie seinen Tod. Nie sah ich wie Kiana ihn tötete. Nie sah ich seine Erwachung, die Visionen wurden klar, Nakoa stand in einer Höhle und las eine Schriftrolle als eine alte Frau dazu kam.
„Hast du sie dabei?"
„Ja Hekate, hier ist sie..
Die Schriftrolle mit dem Zauber für ewiges Leben und wie du ihren Bann brichst." sprach er mit ihr.
„Perfekt, damit kann ich sie endlich besiegen, warst du schon bei Kiana und dem Baby?" wollte die alte Frau wissen.
„Nein! Ich habe ihn noch nicht gesehen, du hast mir versprochen dass ihnen nichts passieren wird das du uns verschonen wirst."
Die alte Frau fing zu lachen an
„Hast du wirklich gedacht ich verschone dich, den Mächtigsten Zauberer unserer Zeit? Es wird dir nicht bestimmt sein ewig zu

Leben, keinem von euch.. ich besitze endlich die Macht die großen Krieger zu vernichten in dem ich ihnen die Unsterblichkeit raube."
Nakoa versuchte die Rolle mit der Kraft der Telekinese zurückzuholen, doch es funktionierte nicht.
„Gib dir keine Mühe, ich habe auf die Höhle einen Schutz gesprochen, keine andere Macht außer meiner wird hier klappen."
„Was hast du vor? Was willst du noch?"
Ich spürte die Angst die sich in Nakoa aufbaute.
„Ich will deinen Sohn Makaio. Ich brauche seine reine Seele damit mein Zauber funktioniert,"
eröffnete die Alte ihren Plan.
„Nein!! ihn wirst du nicht bekommen, eher werde ich sterben. Kiana wird es nicht zulassen."
Die alte Frau fing wieder an zu lachen,
„du willst sterben? Das soll sich einrichten lassen! Und was Kiana betrifft, denkst du es war Zufall das du ihr begegnet bist? Und jetzt geh. Du hast deinen Soll erfüllt."
„Du lässt mich gehen?" fragte Nakoa verwundert.
„Ja! Denn alles was jetzt passiert, passiert zu meinem Vorteil." sprach sie und schleuderte Nakoa aus der Höhle.

Ich sah wie er auf dem Weg zu Kiana war, Nakoa stand vor Makaio´s Bett und sprach einen Zauber über ihn.
„Warum ein Schutz-Zauber? Was ist los?"
Kiana stand hinter ihm.
„Hekate! Sie will ihn holen, sie will seine reine Seele für ihren Zauber." begründete er.
„Es gibt nur einen Zauber bei dem man eine reine Seele braucht, und diesen Zauber besitzt Hekate nicht."
Nakoa sah Kiana an.

„Es tut mir leid, Kiana, ich wusste nicht was sie vorhat bis es zu spät war."
Kiana fing an zu schreien, richtete ihre Hände auf Nakoa und sprach,
Perfide agendo sedent de me
Blitze traten aus ihren Fingern und Nakoa fiel zu Boden.
Als er wieder zu sich kam saß er in Gefangenschaft und seine Kräfte wurden blockiert.

Kapitel 7
Die Prophezeiung

„Sie hatten einen Sohn Lucas! Nakoa und Kiana hatten einen Sohn."
Lucas starrte mich an und streckte mir seine Hand entgegen.
„Zeig mir was du gesehen hast Kenzi,"
ich nahm seine Hand und Lucas zuckte zusammen. Er schrie leise auf und hielt sich den Kopf.
„Nur ein Kind reines Blutes? Ist damit Makaio gemeint?"
wollte er wissen als die Visionen fertig waren.
„Ich weiß es nicht. Aber ich bin mir sicher Daniel weiß es. Er kann sich an die Zaubersprüche erinnern die er als Nakoa erlernte. Er sprach einen Wärmezauber aus um dich zu Wärmen als du Schüttelfrost hattest, ich bin mir sicher er verheimlicht uns etwas. Was spürst du in seiner Gegenwart?"
Lucas sah mich an, so wie er mich damals angesehen hatte, als er mir nicht sagen wollte dass Nakoa in Daniel´s Körper erwacht ist.
Ich spüre Verrat, Lügen, Betrug. Ich spüre Macht und Nakoa.. als hätte sein Geist die komplette Kontrolle über Daniel.
Seine Gedanken ergaben keinen Sinn für mich.
„Soll das heißen Nakoa ist vollständig in seinem Körper, und Daniel ist weg?"
Tut mir Leid Kalea, aber ich fühle Daniel nicht mehr, jedenfalls nicht so wie früher.. er hat vollständige Erinnerungen an Nakoa, nicht wie bei uns, das alles nach und nach kommt. Nein, er erwachte und wusste sofort alles. Und um so länger wir hier sind um so mehr verschwindet Daniel.
Ich stand auf und ging ins Schlafzimmer um Daniel zur Rede zu stellen, doch er war verschwunden. Aus dem Wohnzimmer hörte ich Lucas´ Rufe, schnell rannte ich die Treppen herunter

und sah das die Tür offen stand.
„Er ist weg, Kenzi. Ich sah dass er uns belauscht hat."
Lucas hielt Daniel´s Jacke in der Hand,
„er will Kiana suchen und ihr einen Deal vorschlagen."
„Wir müssen zu Akamu gehen und ihn nach dem Kind reines Blutes fragen? Oder was mit Makaio passiert ist!"
schlug ich vor, doch Lucas verneinte,
„ich traue ihm nicht, warum hat er Renesmee nicht vor dem Tod gewarnt? Wenn er so Mächtig ist und alles vorhersieht, warum hat er ihren Tod nicht gesehen und sie beschützt? Nein! Ich spürte eine Vertrautheit zwischen ihm und Nakoa, ich bin mir sicher wir würden ihn bei Akamu finden.
Sie verheimlichen etwas, das kann ich spüren."
Ich musste einen klaren Kopf bekommen und beschloss erst mal etwas zu schlafen. Ich fühlte mich erschöpft, der Erinnerungszauber war doch anstrengender als ich dachte.

Am nächsten Morgen wachte ich vor Lucas auf, er lag neben mir und hatte immer noch Fieber. Ich ging in die Küche und mir fiel ein das ich seit Stunden nichts mehr gegessen hatte.
Mit meinem Müsli in der Hand machte ich es mir im Wohnzimmer bequem. Dort stand immer noch die Schale vom Vorabend und die Haarsträhne von Lucas lag daneben.
Ich beschloss mich noch einmal zu erinnern, noch einmal durch fremde Augen zu schauen, durch Keahi´s Augen.
Anders wie vorher sah ich nicht erst Lucas´ Leben, sondern der Zauber führte mich direkt zu Keahi. Er kniete in einem halbleeren Raum vor einem aufgebauten Katafalk*, um ihn herum brennende Kerzen. Doch ich schaute nicht durch seine Augen.

> (***Katafalk** wird das in der Regel besonders gestaltete Gerüst oder Gestell zur Aufbahrung von Verstorbenen im Rahmen einer öffentlichen Verehrung oder während der Trauerfeier bezeichnet.)

Es war wie wenn ich dort wäre, ich stand direkt hinter ihm.
„Hallo Kalea, ich spürte das du kommst, oder ein Teil von dir."
Ich drehte mich um doch es war niemand zu sehen.
„Wie ist es im neuen Leben? Hast du schon erreicht was du erreichen wolltest, als du beschlossen hast mich zu verlassen ohne mir Bescheid zu geben?"
Er kniete immer noch vor mir, mit dem Rücken zu mir gerichtet.
Ich trat an ihm vorbei um zu sehen was auf dem Katafalk aufgebahrt war. Es war Kalea, sie sah aus wie ein Engel. Sie trug ein weißes Kleid, ihre schwarzen Locken wurden auf dem Kissen drapiert und sie hielt eine Lilie in der Hand. Keahi stand auf und schaute mich direkt an.
„Wie heißt der Körper in dem du dich zur Zeit befindest, Kalea?"
Kannst du mich sehen? Meinst du mich?
Ich war etwas verwirrt,
„Ja mein Herz. Ich meine dich. Ich spürte das du nach antworten suchst und mich besuchen kommst, im Körper deines anderen Lebens."
Ich erzählte ihm wer ich bin, von dem Erinnerungszauber und dass ich eigentlich durch seine Augen sehen wollte, damit ich verstand was passierte, damit ich sah wie er starb, in der Hoffnung zu sehen wie wir Kiana aufhalten können. Ich erzählte ihm was ich schon wusste, von dem Kind reines Blutes, der reinen Seele von Makaio und von Hekate.
„Ich verstehe" antwortete mir Keahi,
„Hekate ist fort, Makaio in Sicherheit," er hielt einen Becher in die Höhe,
„Und ich wollte dir gerade folgen."
„Warte!" rief ich als er trinken wollte.
„Bitte, ich brauche erst ein paar Antworten."

Keahi stellte den Becher zur Seite und schaute mich an.
„Was willst du wissen, Kalea?"
„Akamu sagte nur ein Kind reines Blutes könne Kiana aufhalten. Wo finde ich dieses Kind? Und was ist mit reinem Blut gemeint?"
Er schaute mich an und strich mir über die Haare,
„Wie viel meiner Kalea steckt in deinem Körper, Kenzi?"
Ich starrte ihn an, denn ich verstand seine Worte nicht,
Ich weiß nicht was du damit meinst, Keahi,
er lächelte und gab zu verstehen,
„ein Kind reines Blutes ist ein Kind dessen Ahnen bis in unser Jahrhundert reicht, ein Kind dessen Blutlinie die der Magier enthält, ein Kind das mit Magie geboren wird."
Lucas!! Er wurde als Empath geboren..!
„Er besitzt deine Fähigkeiten als Empath, hat die Visionen von Renesmee und Akamu sagte er könne auch Telekinese!" unterbrach ich ihn.
„Ja das möge sein, aber ihr müsst seine Blutlinie überprüfen um sicher zu gehen," stimmte er zu.
Da fiel mir ein was Akamu zu Lucas sagte,
 => *du wurdest nicht nur als Keahi wiedergeboren, du bist Keahi!* <=
Es kann also nur Lucas sein..
Ich war mir so sicher, doch Keahi erklärte,
„nicht in meine Blutlinie muss das reine Blut reichen, sondern in Kiana´s. Aber ich freue mich dass wir uns bald wieder sehen Kenzi."
Er nahm den Becher und trank ehe ich ihm auch nur eine weitere Frage stellen konnte. Ich sah wie das Licht seinen Körper verließ und erwachte aus meiner Trance..

Meine Mutter stand vor mir und sah mich überrascht an,

„Kenzi, was ist denn hier los? Was machst du denn da? Und was soll das sein, ein Erinnerungszauber?"
Sie hielt mir das Blatt unter die Nase, Lucas stand am Türrahmen,
„und was macht dieser Junge hier? Ihr habt doch nicht etwa...?"
„Nein Mom wir haben nicht...!" unterbrach ich sie,
„Lucas ist Krank, seine Tante nicht in der Stadt und ich wollte nicht das er alleine ist und daher hat er hier übernachtet."
Ich riss ihr das Blatt aus der Hand,
„und das ist für ein Schulprojekt, so eine Art Theateraufführung."
Mom schaute Lucas an und überprüfte seine Temperatur in dem sie ihm auf die Wange fasste,
„Gott Junge du verbrennst ja. Sofort wieder ins Bett, ich mache dir kalte Umschläge und hole Medizin."
Sie schob Lucas in Richtung meines Zimmers und ich folgte ihnen.
„Ab ins Bett, junger Mann!" befahl sie Lucas,
„Ich werde euch was zu Essen machen."
Ich nickte ihr zu und schloss die Tür.
„Willst du wissen wo ich heute Morgen war?" strahlte ich Lucas an und streckte ihm meine Hand hin.
„Ich weiß wo du warst! Ich kann mich erinnern, Kenzi."
„Dann weißt du sicher auch was mit Kind reines Blutes gemeint ist?"
„Ja weiß ich, aber wie sollen wir dieses Kind finden?"
Ich seufzte,
„ich hab so gehofft das er dich damit meinte."
Lucas setzte sich aufrecht hin,
„Du hast mir nie erzählt dass du Adoptiert wurdest?!"
Er schien im Fieberdelirium zu fantasieren.

„Was meinst du? Ich wurde nicht Adoptiert?"
„Sie hat es dir nie gesagt?" fragte er mit traurigem Blick.
„Lucas wovon redest du bitte?"
„Ich habe es gesehen als sie mich berührte, ich sah wie sie dich abholte und die Papiere unterschrieb."
„ICH WURDE ADOPTIERT!!" schrie ich als sich die Tür öffnete, Mom starrte mich erschrocken an,
„Kenzi, woher weißt du das jetzt?"
Es stimmte also.
„Wieso hast du mir nie davon erzählt?" Mom stellte das Tablett auf den Nachttisch und setzte sich zu uns auf das Bett, mit weinerlicher Stimme fing sie zu erzählen an,
„Ich arbeitete beim Jugendamt als ein junges Mädchen zu uns kam, Hochschwanger, weinend, gerade vom Kindsvater verlassen und von der eigenen Mutter im Stich gelassen. Entschlossen ihr Baby weg zu geben, in eine Familie die ihm ein besseres Leben geben kann. Wir fanden schnell eine Familie und als die Geburt soweit war, fanden die zukünftigen Eltern heraus dass es Zwei Baby´s sind. Die Mutter dachte wenn die neue Familie die Baby´s erst mal sehen, würden sie beide lieben. Doch dem war nicht so. Sie nahmen nur ein kleines Mädchen mit und ließen dich zurück. Mein Mann war gerade verstorben und ich konnte es nicht ertragen dich in ein Heim zu bringen, also sprach ich mit Grandma und wir beschlossen dich zu uns zu nehmen."
Mom fing an zu weinen,
„ich wollte es dir so oft erzählen, aber ich wusste nie wie."
Ich nahm sie in den Arm.
„Danke Mom."
Lucas lächelte. Mom trocknete sich die Tränen und gab uns das Frühstück. Ich konnte Hören wie erleichtert sie war, es endlich gebeichtet zu haben.

Als ich das Geschirr abspülte, sah ich in der Küchenkommode ein kleines Buch

KRAEUTER UND HEILPFLANZEN

Ein Buch mit Rezepten über Heilpflanzen und ihre Wirkung. „Das gehörte Grandma, ich habe es dir mitgebracht, ich dachte es würde dir gefallen," meinte Mom.

Beim durchblättern fand ich ein Fiebersenkendes Kraut

<u>Pulsatilla vulgaris Mill.</u> <u>gemeine Küchenschelle</u>*

Ich beschloss Lucas daraus einen Tee zu kochen.

MAN GIBT 15 G GETROCKNETE, PULVERISIERTE BLUETEN UND BLAETTER DER GEMEINEN KUECHENSCHELLE IN EIN LITER KOCHENDES WASSER.

DER TEE MUSS FUENFZEHN MINUTEN ZIEHEN, DANACH WIRD ER FILTRIERT.

ZUM FIEBER SENKEN GIBT MAN DEM KRANKEN ALLE ZWEI STUNDEN ZWEI GROSSE TASSEN ZU TRINKEN.

(*eine Pflanzenart in der Familie der Hahnenfußgewächse (Ranunculaceae). Die Gemeine Küchenschelle wächst in Mitteleuropa auf Trockenwiesen, Magerrasen und trockenen Weiden. Man findet die Gemeine Küchenschelle bis in Höhenlagen von etwa 1000 m)

Ich besorgte mir die Küchenschelle im Internet und ließ sie an unsere Apotheke liefern. Der Tee schien grauenhaft zu schmecken denn Lucas verzog das Gesicht beim trinken.
Ich musste lachen.
„Danke Kenzi, es hat sich noch nie jemand so um mich gekümmert, wie du es tust."
„Hey wir müssen zusammen halten, und wir haben noch einen Auftrag, schon vergessen?"
Lucas nickte und trank noch ein Schluck Tee.
*Bäähhh.
Ich lachte Laut auf und küsste ihn.
Etwa eine halbe Stunde später schlief er ein. Das Gespräch mit meiner Mutter ging mir nicht mehr aus dem Kopf. Ich hatte eine Schwester. Ich habe mir immer Geschwister gewünscht, aber Mom machte nie den Anschein als hätte sie einen Freund, also fasste ich mich damit ab, Einzelkind zu bleiben. Doch jetzt hatte ich eine Schwester, eine Zwillingsschwester..!
Ich muss sie finden. Wollte wissen wer sie ist, wo sie lebt und ob sie von mir weiß?
„Mom, ich würde gerne meine Schwester finden. Was weißt du über sie?"
Ich hörte wie sie nachdachte, dann stand sie auf und holte eine Akte aus ihrem Schreibtisch.
„Darin befinden sich deine Adoptionsunterlagen, aber über deine Schwester habe ich nichts. Und ich weiß nicht ob du überhaupt etwas herausfinden kannst, solche Sachen werden meistens nicht preisgegeben."
Ich nahm die Akte und studierte sie in meinem Zimmer.
„Was liest du?" wollte Lucas wissen als er wieder Wach wurde,
„Meine Akte von der Adoption. Aber da steht nicht mal wer meine leibliche Mutter ist. Da steht nur dass sie erst 16 Jahre war und aus ärmlichen Verhältnissen stammte. Mein

Geburtstag und dass ich das erste von zwei Baby´s war. Sie kam wohl 3 Minuten nach mir auf die Welt.
-Beide Baby´s wurden vermittelt-"
Als wären wir Hunde, wurden vermittelt.
Lucas schaute mich mitleidig an,
„ich weiß das es für dich jetzt wichtig ist wo sich deine Schwester befindet, aber wir müssen Daniel finden und da wäre auch noch Kiana."
Geht es dir besser? wollte ich wissen,
Ja etwas, es reicht um wieder auf die Suche nach Kiana zu gehen.
Meine Mom trat herein und brachte mir eine rosa Decke mit gelben Enten drauf, ich erkannte sie. Es war meine Kuscheldecke die ich als Kind hatte.
„Kenzi-Mäuschen, vielleicht möchtest du diese Decke doch behalten, jetzt wo du weißt das du Adoptiert bist?! Diese Decke hatte deine leibliche Mutter für euch gekauft, deine Schwester bekam die selbe mit auf den Weg."
Sie streckte mir die Decke hin, und ich nickte als ich sie nahm.
Lucas lachte als er sie sah,
„die sieht ja niedlich aus."
„Ja! Kenzi liebte diese Decke, nahm sie überall mit hin. Als wir im Urlaub waren hatte sie die Decke fast verloren, und stritt sich mit einem anderen Mädchen weil sie behauptete das Mädchen hätte ihr die Decke geklaut. Aber es stellte sich heraus, dass die beiden die gleiche Decke hatten. Wir fanden Kenzi´s Decke später im Speisesaal..!"
Mom musste lachen während dem erzählen. Ich hatte diese Geschichte schon verdrängt, doch dann bemerkte ich,
Die gleiche Decke?!
Lucas und ich starrten uns an und er nahm die Decke in die Hand als plötzlich die Visionen und seine Kopfschmerzen

einsetzten.
„Junge was ist los?" erschrak meine Mom,
„schon gut, Mom es geht gleich wieder," versuchte ich sie zu beruhigen.
„Hat er das Öfters?" wollte sie wissen,
„ja, es hört gleich wieder auf, siehst du!"
Lucas' Visionen endeten und er lächelte zuversichtlich.
„Du solltest das von einem Arzt untersuchen lassen," stellte Mom fest und verließ das Zimmer.
Und was hast du gesehen?
Wollte ich neugierig wissen,
„du warst ein niedliches Kind, Kenzi."
Er lachte mich an.
„Das habe ich nicht gemeint, hast du meine Schwester gesehen? Weißt du wo sie ist?"
Lucas streckte mir die Decke hin,
„nein ich habe sie nicht gesehen, das würde nur gehen wenn sie die Decke je angefasst hätte, aber ich sah deine Mutter. Sie sieht aus wie du Kenzi."
Ich errötete leicht,
„sie heißt Tessa Brown. Sie liebte ihre Baby's, wusste aber das Liebe alleine nicht reicht um zwei Baby's großzuziehen."
Tessa Brown, das war schon mal ein Anfang.
„Kenzi, auch auf die Gefahr hin, dass du unseren Auftrag danach vergessen willst, werde ich dir sagen, ich weiß wo sie lebte, zumindest vor 18 Jahren als sie ihre Baby's entbunden hatte."
Freudestrahlend blickte ich ihn an und quietschte leise auf,
„Ich wusste es!!" kam aus seinem Mund.
„Bitte Lucas, sag mir wo sie sein kann?"
„Ok, aber versprich mir dass wir zuerst Daniel suchen und dann deine Schwester!"

„Versprochen!"
Lucas lächelte mich an. Ich umarmte ihn.
Danke Lucas..

Nach einer gefühlten endlosen Diskussion, mit meiner Mom, darüber ob Lucas schon wieder aufstehen sollte oder nicht, machten wir uns auf den Weg zu Akamu, da wir dort Daniel bzw. Nakoa vermuteten.
„Hallo! Schön euch zu sehen! Ich dachte schon es wäre euch etwas passiert. Ich versuchte euch die ganze letzte Woche zu finden doch ihr ward wie vom Erdboden verschluckt!" empfing uns Crowley als wir die Hofeinfahrt hinauf liefen.
„Hallo Akamu. Ich hatte uns abgeschottet mit einem Schutzzauber, aber das dürftest du ja schon wissen, oder ist der Verräter nicht bei dir?" antwortete ich ihm.
„Ich spüre das du leicht erzürnt bist Kalea? Und ich sehe du warst auf reisen? Hast du deine Antworten erhalten?"
Leicht erzürnt? Das ist gar kein Ausdruck für meine Wut..
„Wo ist Nakoa? Ich hätte die ein oder andere Frage an ihn!"
Akamu schaute mich an als hätte ich ihm sein Lieblingsspielzeug weggenommen.
„Ich dachte er wäre bei euch?"
Akamu´s Stimme klang leicht heuchlerisch. Ich wurde noch wütender,
„nein er belauschte uns, als wir uns über Nakoa´s Verrat unterhalten haben, und verließ uns heimlich."
Lucas stand hinter mir und fixierte ihn mit seinem Blick.
„Warum hast du dich blockiert, Akamu? Warum lässt du mich nicht in deinen Kopf? Was hast du zu verbergen?"
Akamu lief zwei Schritte auf Lucas zu,
„*Mai haʻi aku iā ia?*"
Ich verstand seine Worte nicht, doch Lucas schien zu wissen

was er sagte, denn er stand erschrocken da.
"Was meinte er damit, Lucas?"
Er schaute ihn Kritisch an,
"Akamu will wissen ob ich es dir erzählt habe!"
„Ob du mir was erzählt hast?"
So langsam hatte ich keine Lust mehr auf die Geheimniskrämerei. Lucas schaute mich fragend an,
"ich bin mir nicht sicher" und Akamu wurde ernst,
"Ihr wisst so wenig über eure 2. Seelen, wieviel von Kalea und Keahi stecken in euch? Ihr wollt Kiana töten ohne zu wissen wie. Habt ihr sie schon gefunden?"
Lucas verneinte,
"Wir suchen Daniel! Ich bin mir sicher er weiß wo sie ist."
Akamu streckte seine Hände in die Höhe und fing an
Et dabo te in potentia cognoscendi et recordabor
mit singender Stimme zu rufen und die Blitze strömten in mich und Lucas hinein. Wir zuckten zusammen und fielen zu Boden.
Als wir wieder zu uns kamen lagen wir in Crowley´s Wohnzimmer und Daniel saß an unserer Seite.
Mein Kopf dröhnte und als ich mich aufsetzte bekam ich eine Vision.
Ich sah die Prophezeiung....

In einer Zeit in der die Magie am Höhepunkt steht, wird der Sohn des großen Kriegers den Verrat begehen.. Um seiner Strafe zu entgehen wird er den Freitod wählen.. Im Zeitalter des Mondzirkel* werden die Hexe des Lebens und die Hexe des Todes in der Reinkarnation, als Zwei Kinder einer Mutter, geboren am selben Tag, wiederkehren. Das Kind reines Blutes und das Kind reiner Seele sich bekämpfen um den Verrat zu rächen, und um den Sohn des Kriegers zu beschützen. Am Tag des wiederkehrenden Mondzirkel wird sich einer opfern um den Frieden zu bringen.....

*Der **Mondzirkel** ist die zyklische Reihe von alle 19 Jahre stattfindenden Treffen der Sonne und des Mondes vor denselben Sternen am Himmel, als auch die Periodendauer von 19 Jahren bezeichnen.

Die Prophezeiung traf mich wie ein Schlag...
Ich sah Daniel an,
Wusstest du davon?
Er wich meinem Blick aus,
„Ja! Dass war das erste was ich sah, als ich wiederkehrte."
Wiederkehrte?
In meinem Kopf lies sich kein klarer Gedanke fassen.
„Wo ist Daniel?" ich schaute ihn ernst an,
„Ich bin Daniel! Ich bin aber auch Nakoa!" erklärte er mir,
„das war ich schon immer. Ich bin die Reinkarnation von Nakoa...," stirnrunzelnd schaute ich zu Lucas, er schien darüber genau so überrascht zu sein wie ich.
„Bis zu dem Moment als ich in meinem Zimmer einen Stromschlag bekam, wusste ich es selbst nicht..." fuhr er fort.
„Nein, das kann nicht sein," protestierte ich,
„Wenn du schon immer Nakoa warst, dann müsstest du auch schon immer Magie in dir haben? Und das hätte ich gemerkt." gab ich energisch zurück.
Daniel nickte,
„Erinnerst du dich an den Sommer als wir 15 Jahre waren?"
Sein Blick war starr auf mich gerichtet.
„Du wolltest unbedingt diese Sneakers haben, weil sie alle hatten und du dachtest sie würden dich dann endlich akzeptieren?"
Ich konnte mich daran erinnern,
„du sagtest mir lass es lieber, denn nach dem Sommer trägt die Sneakers niemand mehr, ich sollte lieber die Plateustiefel tragen und als erster dem Trend folgen!"
Lucas sah uns kritisch an, Daniel senkte den Kopf,
„Du hattest zum ersten Mal einen tollen Start ins neue Schuljahr!" flüsterte er,
„ich sah es Kenzi. Als ich die Stiefel anfasste, sah ich was

passieren wird wenn du sie trägst. Und genau so war es mit den Sneakers und allem anderen! Ich sah wann wir eine Klausur schrieben, was wann -IN- ist, wer wann und warum gehänselt wird und wann oder mit wem mein Vater Fremd gehen würde!"
Das darf doch nicht Wahr sein!!
„Du hast nie etwas gesagt!" gab ich schockierend zurück.
„Hättest du mir geglaubt, dass ich in die Zukunft sehen kann? Das ich schon vorher weiß was passieren wird? Nein hättest du nicht! Das hätte niemand."
„Moment mal," warf Lucas ein,
„Soll das etwa bedeuten du hast ebenfalls Fähigkeiten seit deiner frühen Kindheit?"
Daniel schaute ihn an,
„Ja! Ich wusste irgendwie schon immer was passiert bei gewissen Dingen. Aber merkte schon früh das mir niemand glaubt und es als Zufall abgetan wurde.
Ich wusste nie wieso ich das konnte und hasste es auch irgendwie."
Daniel trat an mich heran und nahm mein Medaillon in die Hand das ich immer noch um den Hals trug, dabei lächelte er mich an,
„erst als ich dieses Medaillon umhängte, hörten die Vorhersehungen auf. Und ich konnte endlich Leben wie alle anderen auch, ohne Angst vor dem was ich sehen könnte wenn ich etwas berührte.."
Er strich mir über die Haare,
„weißt du wie oft ich mir wünschte dich zu küssen? Doch jedes mal wenn ich dich auf irgendeine Art und Weise berührte sah ich wie sehr du dich zu Tom hingezogen fühlst!"
er trat noch näher an mich heran,
„und als dieses Medaillon meine Kräfte blockierte, habe ich mich nicht mehr getraut,"

sein lächeln verstummte,
„und jetzt?! Gehört dein Herz einem anderen.."
Daniel gab mir einen zaghaften Kuss auf die Lippen und lies uns alleine zurück..

Da stand ich nun im Raum mit Lucas und dem Gedanken daran dass Daniel in mich verliebt ist. Ich muss zugeben das sein Kuss mich schon irgendwie berührt hatte, was scheinbar auch Lucas spürte denn er schaute mich mit einer gewissen Eifersucht an. Ich konnte fühlen wie ich Rot anlief als ich seinen Blick erwiderte.
„Ich bin nicht in Tom verliebt!" versuchte ich mich zu rechtfertigen.
„Doch bist du.."
gab Lucas beleidigt zurück,
„Das konnte ich auch immer spüren wenn Tom in deiner Nähe war. Aber Daniel´s Gefühle für dich habe ich immer Falsch gedeutet. Oder besser gesagt verdrängt, nicht wahr haben wollen kann man auch sagen."
Ich konnte auch ohne Emphatische Fähigkeiten spüren das Lucas gekränkt war.
„Lucas, Daniel sagte doch das mein Herz mittlerweile einem anderen gehört." verteidigte ich mich. Er schaute mich traurig an,
„da wusstest du auch noch nicht dass er in dich verliebt ist," drehte sich von mir weg und lief in Richtung Tür,
„Lucas,ich.." versuchte ich ihn aufzuhalten,
„Nein Kenzi," unterbrach er mich,
„ich bin ein Empath. Schon vergessen? Ich spüre was du gerade fühlst."
Die Tür schloss sich hinter ihm und ich war alleine....

Kapitel 8
Das Medaillon

Die Prophezeiung besagte also voraus, dass dies alles geschieht! Daniel ist die Reinkarnation von Nakoa! Und Lucas schien die Reinkarnation von Keahi zu sein. Das musste wohl auch bedeuten, ich bin die Reinkarnation von Kalea! Doch warum habe ich keine vollständige Erinnerungen an ihr Leben so wie Daniel? Und was war mit Lucas?
Ich sah mich im Raum um. So viele Zauberbücher, Medaillons oder Zutaten für Zaubertränken hatte ich noch nie gesehen. Akamu hat wohl sein ganzes Equipment aus seiner Zeit mitgebracht. Ich nahm ein Medaillon in die Hand, es war aus Silber, ein silberner Drache der einen Kristall in der Kralle trug, als ich eine Vision erhielt...

Ich sah Keahi und Hekate, diese alte Frau die ich auch bei Nakoa sah, sie stritten sich.
„Nein, ich werde diesen Verrat nicht dulden!" schrie Keahi.
„Du hast nicht das Recht dazu! Kalea mag Tod sein, aber...!"
Hekate lachte,
„denkst du, du könntest mich aufhalten?" Ihr lachen hallte durch den Raum.
„Vielleicht nicht heute," meinte Keahi,
„aber in ein paar Mondzyklen wird sie wieder kommen."
Keahi sah gebrochen aus, von dem Krieger aus meiner ersten Erinnerung war nicht viel zu sehen.

„Du sprichst von der Prophezeiung?! Dem Kind reines Blutes?"
Hekate wand Keahi den Rücken zu,
„du denkst dieses Kind kann mich besiegen?"
Hekate schien zuversichtlich,
„die Prophezeiung macht mir keine Angst. Und auch wenn du Makaio vor mir versteckt hast, so werde ich ihn trotzdem finden, so wie ich dich gefunden habe.. Ich gab dir die Macht der Telekinese und du hattest mir was Versprochen!"
Keahi wurde wütend,
„nein. Du hast mir nur gezeigt wie ich meine Kräfte richtig einsetze, ich hatte die Telekinese schon vorher, schon vergessen?"
Hekate drehte sich ruckartig um,
„und du hast wohl vergessen was du mir als Gegenleistung versprochen hattest?"
„Nein Hekate, habe ich nicht."
Keahi wurde ruhiger,
„Ich konnte es aber nicht tun.. Ich liebe sie.. Ich hatte mich in Kalea verliebt und mir war es nicht möglich sie zu verraten!"
Ich sah wie er das Drachenmedaillon um den Hals trug.
Die Kristallkugel leuchtete Rot.
„Nun gut." meinte Hekate,
„ich musste zwar ein paar Jahre warten, aber ich habe letztendlich bekommen was ich wollte."
Sie warf schwarzes Pulver in die Luft und rief
Vadens revertar
es rauchte und Keahi hustete...
Als sich der Rauch wieder verzog war Hekate verschwunden..

Erschrocken warf ich das Medaillon in die Ecke!
Seit wann habe ich den Visionen wenn ich etwas anfasse?

Die Tür ging auf und Akamu trat herein, er sah meinen entsetzten Gesichtsausdruck, blieb stehen und nickte.
„Wie ich sehe hast du wieder einen Teil deiner Fähigkeiten erlangt?" Ich nickte ebenfalls,
„Ich empfange Visionen!"
„Gut. Wir machen Fortschritte..!"
Akamu tritt an mir vorbei und holte ein Buch aus dem Regal.
„Jetzt geh und lass mich alleine.. ich muss etwas vorbereiten und brauche meine Ruhe."
Heimlich hob ich das Medaillon auf und verließ den Raum. Beim hinausgehen fiel mir auf dass die Kristallkugel gar nicht leuchtete.
Lucas und Daniel saßen in der Küche und starrten sich schweigend an. Als Lucas mich sah stand er auf und ging.
„Lucas, warte..!" rief ich ihm nach.
Lass ihn gehen, Kenzi. Ich glaube er ist etwas beleidigt, ich schaute Daniel böse an,
„Was hast du zu ihm gesagt?"
Daniel stand auf und kam auf mich zu. Er stand so nah bei mir das sich unsere Nasen berührten.
„Warum sollte ich etwas gesagt haben?"
Ich trat einen Schritt zurück,
„Daniel, bitte ich.."
„Ja ja ich weiß Kenzi, schon Gut."
Er lächelte mich an und lief ebenfalls hinaus.
Ich kochte mir einen Tee und setzte mich an den Küchentisch. Fasziniert studierte ich das Medaillon, doch verstand nicht warum der Kristall nicht leuchtete. Vielleicht liegt es an mir und es leuchtet nur in Lucas´ Gegenwart?! Ich sollte es ihm zeigen. Falls er jemals wieder mit mir reden wollte. Ich seufzte, hing mir das Medaillon um den Hals und versteckte es unter meinem Shirt.

Es ist bereits wieder nach Mitternacht und die Müdigkeit machte sich in mir Breit. Ich beschloss mir ein freies Zimmer im Haus zu suchen um etwas zu schlafen.
Im Obergeschoss befinden sich 6 Zimmer. Die erste Tür die ich öffnete führte mich in eine weitere Bibliothek, dort befanden sich literarische Werke verschiedener Autoren, Sachbücher, und einige Belletristik Romane. Hinter der gegenüberliegende Tür schien eine Art Abstellkammer zu sein, denn die Möbel waren mit Laken abgedeckt. Das dritte Zimmer war ein weiteres Badezimmer. Hinter der vierten Tür befand sich Crowley´s Schlafzimmer. Jetzt gab es nur noch zwei Zimmer und ich konnte mir denken was das heißt! Ich muss mir ein Zimmer teilen..! Ich lauschte an der fünften Tür, nichts zu hören. Langsam öffnete ich sie und linste hinein. Es war Daniel´s Zimmer. Überall auf dem Boden lagen Kleidungsstücke von ihm. Er schien also wirklich die letzte Woche hier verbracht zu haben. Ich war mir nicht sicher ob ich hinein gehen sollte, also schloss ich wieder die Tür und klopfte an das sechste Zimmer.
Lucas öffnete und schaute mich überrascht an.
„Ich suche einen Platz zum schlafen!"
Er trat beiseite und lies mich herein. Ich wusste nicht recht was ich ihm sagen sollte, mir war die Situation mit Daniel und dem Kuss noch unangenehm.
„Danke Lucas. Alle anderen Zimmer sind belegt und ich wollte nicht unbedingt bei Daniel übernachten,"
sagte ich um das Schweigen zu brechen.
Er sah mich an als würde er mir nicht glauben, nickte mir aber zu. Ich versuchte meine Gedanken und Gefühle im Zaum zu halten, doch es funktionierte nicht.
„Du fühlst dich unwohl in meiner Gegenwart?!"

Lucas stand mit dem Rücken zu mir.
Er hatte Recht. Ich fühlte mich unwohl.
„Ja," antwortete ich,
„mir ist die Situation unangenehm!"
Er drehte sich zu mir um,
„Welche Situation denn?" wollte er wissen.
„Du meinst der Kuss von Daniel und die Gefühle die du dabei hattest?"
Mir wurde noch unwohler,
„mach dir darüber keine Gedanken," fuhr er fort,
„du hast mich doch auch geküsst. Ist nichts dabei."
Entsetzt schaute ich ihn an. Das hätte ich nicht erwartet.
„Jetzt schau mich nicht so an, Kenzi! Ich wusste schon dass ich mir nichts erwarten kann. Wenn du mich küsst, dann küsst du mich als Kalea ihren Keahi. Ich komm schon damit klar!"
Seine Worte verletzten mich. Was Lucas auch spürte, das sah ich ihm an, doch er versuchte es zu verbergen.
„Wenn du so darüber denkst, dann haben wir uns wohl nichts mehr zu sagen?" gab ich traurig zu verstehen. Ich packte mir ein Kopfkissen und eine Decke und ging wieder hinunter ins Wohnzimmer.
Dann werde ich wohl auf dem Sofa schlafen..
„Ärger im Paradies?"
Daniel saß in einem der Sessel und grinste mich zynisch an.
Halte die Klappe, du weißt genau was los ist. Du bist ja Schuld an der Sache.
„Eher Mitschuld, Kenzi. Schließlich waren es deine Gefühle die ihm nicht gepasst haben, nicht meine!"
Daniel grinste immer noch, nippte an seinem Scotch und legte die Füße auf den Hocker.
„Wieso tust du das?" meine Stimme war ernst.
„Denkst du wirklich damit gewinnst du mein Herz?"

Daniel schwenkte sein Glas,
„Nein! Es macht nur verdammt viel Spaß ihn genau in diesem Glauben zu lassen."
Sein grinsen hielt an.
„Wieso hasst du Lucas so? Was hat er dir denn getan?"
Daniel setzte sich aufrecht hin, „er liebt dich Kenzi!"
gab er mit ernster Miene zu verstehen.
„Und deshalb hasst du ihn?" die Antwort überraschte mich.
„Ja! Deshalb hasse ich ihn, und Tom auch!" er lies sich wieder nach hinten fallen.
Tom?? Wieso Tom?
„Liebt er mich etwa auch?" fragte ich ungläubig.
„Nein, aber du liebtest ihn!"
Ich starrte ihn an und er musste lachen,
„amüsiere ich dich etwa?" fragte ich verärgert.
Daniel nickte und schenkte sich Scotch nach.
Wütend packte ich das Bettzeug wieder zusammen und stampfte die Treppen hinauf. Ich riss mit einem Ruck die Tür zu Lucas´ Zimmer auf und stürmte hinein, warf das Bettzeug auf den Boden und lief auf Lucas zu der mich erschrocken ansah. Ich tippte ihm auf die Brust,
„jetzt hör mir mal zu Mister Super Empath,"
ich war stinksauer,
„wenn du meine Gefühle so gut deuten kannst wie du sagst, dann solltest du auch fühlen dass ich seit du mich das erste mal, auf der Lichtung vor Renesmee´s Hütte, geküsst hast an nichts anderes mehr denken kann. Und wenn du jetzt denkst das so ein kleiner Kuss von Daniel alles ändert, dann liegst du falsch. Das was ich dabei fühlte war einfach nur Überraschung zu seinen vorher gehenden Worten, und die Tatsache dass ich nie was gemerkt hatte."
Ich konnte spüren wie das Blut in meinen Adern pochte,

„und wenn du mir jetzt nichts mehr zu sagen hast, dann sind deine Gefühle zu mir nicht Echt."
Lucas starrte mich immer noch erschrocken an und ich fing an vor Wut zu schreien. Der Schrank hinter ihm explodierte, Lucas zuckte zusammen und hielt sich die Arme über den Kopf um sich zu schützen.
Ich stand wie erstarrt da. Daniel und Akamu kamen herein gerannt,
„Was ist passiert?" wollte Daniel entsetzt wissen.
„Ich..Ich..Ich.." stotterte ich vor mich hin.
„Sie hat den Schrank in die Luft gejagt, mit ihren Gedanken..!" kam von Lucas und Akamu nickte,
„du hast sie wohl wütend gemacht?"
Er trat auf mich zu und fischte einen Splitter aus meinem Haar,
„Kalea durfte man auch nie wütend machen, ständig ist etwas explodiert," lachte er,
„deine Kräfte wachsen schnell."
Erschöpft lies ich mich auf das Bett fallen.
„Wir sollten jetzt alle etwas schlafen, morgen sehen wir weiter!" meinte Akamu, schob Daniel aus dem Zimmer und schloss die Tür. Lucas räumte die Trümmer vom Bett und beobachtete mich dabei.
„Tut mir leid. Das wollte ich nicht," gab ich reumütig von mir.
Lucas lächelte und zuckte mit den Schultern,
„du musstest halt mal Dampf ablassen."
Ich fing an zu lachen,
„ja das musste ich tatsächlich."
Als ich mein Shirt auszog, fiel ihm das Medaillon auf, das ich um den Hals trug. Wie in Trance kam er auf mich zu und nahm es in die Hand.
„Woher hast du das?"
„Aus Akamu´s Arbeitszimmer!" antwortete ich.

„Ich hatte eine Vision als ich es anfasste."
„Ich kenne dieses Medaillon. Es gehörte Keahi,"
erklärte er mir.
„Ja! Ich sah es in der Vision. Nur der Kristall leuchtete Rot."
bestätigte ich ihm,
„weist du warum er jetzt nicht leuchtet?"
Lucas schüttelte den Kopf,
ich nahm das Medaillon vom Hals und hing es ihm um.
Fasziniert schaute er es an und ich konnte hören dass er versuchte sich zu erinnern woher Keahi dieses Medaillon hatte und welche Funktion es besaß. Ich beobachtete ihn und dabei bemerkte ich zum ersten Mal dass ich dieses kribbeln im Bauch bekam, dass ich glücklich war wenn ich in seiner Nähe bin. Ich musste erneut an unseren ersten Kuss denken und an Daniel´s Worte vor Crowley´s Haus. An den Kuss den ich ihm gab als er Fieber hatte und wie sehr ich Angst verspürte dass er sterben könnte..! Lucas fing an über das ganze Gesicht zu grinsen und sah mich an,
„ich spüre deine unkeuschen Gedanken, Ms. Miller," flüsterte er mir zu. Wiedermal vergaß ich seine Empathi und lief Rot an. Doch er hatte Recht.
Ich spürte eine gewisse Erotik wenn ich ihn ansah.
Lucas´ Gesichtsfarbe änderte sich ebenfalls ins Rote und er schüttelte den Kopf.
„Aus dir werde ich nicht schlau! Deine Gefühle zu deuten fällt mir sehr schwer. Im einen Moment empfindest du Wut, im anderen Hass, Gleichgültigkeit, oder bist verletzt. Das war schon damals so."
Das sollte wohl bedeuten er versuchte schon die ganze Zeit meine Gefühle zu lesen.
„Und was fühle ich jetzt?" wollte ich wissen, er trat um das Bett herum auf mich zu,

„als du an die Tür klopftest, war es Unsicherheit, als du dich
entschlossen hattest doch nicht hier zu übernachten
Verletztheit, als du wieder kamst und den Schrank zum
explodieren brachtest, war es Wut..!"
Ich trat einen Schritt näher an ihn heran,
„nein ich meine was fühle ich jetzt, genau in diesem Moment?"
fragte ich erneut. Lucas wurde leicht nervös,
„Lust, Kenzi.., ich spüre deine Lust!"
Wie Recht er doch hatte.
Ich zog ihn an mich heran und küsste ihn. Es war ein
leidenschaftlicher Kuss, mein Herz raste und ich konnte seinen
Herzschlag hören. Die Leidenschaft überkam uns und wir
schliefen miteinander. Das Licht flackerte auf und ich fühlte
mich als würde die Erde beben. Ich bekam eine Vision.

Ich sah wie ich in einem Keller gefesselt auf einem Stuhl saß,
verletzt und um Gnade flehend. Blitze auf meinem Körper
geschossen wurden und ich vor Schmerzen aufschrie.

Am Höhepunkt unseres Liebesaktes angekommen,
explodierten alle Lampen im Raum und Lucas zuckte erneut
zusammen. *Autsch hörte ich ihn denken. Ein paar Splitter
verletzten seinen Rücken.
„Tut mir Leid. Ich kann es nicht kontrollieren," ich klang fast
weinerlich.
„Schon gut, ist nichts passiert," gab er zurück und zog sich
einen Splitter aus dem Arm.
„Das muss sicher genäht werden?" meinte ich als die Wunde
anfing zu bluten. Lucas wurde kreidebleich,
„wie wäre es du heilst mich einfach?"
*Ach ja, ich kann dich ja Heilen..
Das hatte ich schon vergessen, ich legte eine Hand auf seinen

Arm, die andere auf seinen Rücken, das blaue Licht trat heraus und verschloss die Wunden.
„Danke, mein Herz." meinte er und ich schaute ihn fragend an.
„So nannte Keahi seine Kalea!" gab ich zu verstehen.
Ich weiß lächelte er zurück.
Als ich nach unten ging um mir ein Glas Wasser zu holen, bemerkte ich dass alle Lampen im Haus explodiert sind. Akamu und Daniel beseitigten die Splitter und sahen mich grinsend an. Schweigend und errötet lief ich in die Küche.
War ich das etwa??
Die Vision ging mir nicht mehr aus dem Kopf. Wie kommt es dazu das ich gefangen genommen und gefoltert werde?
Wo sind Lucas und Daniel zu dieser Zeit?
Wer hält mich gefangen? Und Wo? Ich beschloss in Zukunft besonders Achtsam zu sein. Damit sich meine Vision nicht erfüllt. Mit gesenktem Kopf und schnellen Schritten schlich ich wieder an Daniel und Akamu vorbei. Ich konnte hören dass sie sich über mich amüsierten.
„Ich habe alle Lampen im Haus zum explodieren gebracht!" meinte ich zu Lucas als ich wieder im Zimmer stand.
Er lächelte mich nur an.

Am nächsten Morgen beschloss ich Akamu nach meinen neuen Kräften zu fragen.
„Bitte Akamu, erzähle mir von Kalea und ihren Kräften!? Was konnte sie alles? Wer war sie? Und was passiert noch alles?"
Er sah mich skeptisch an und deutete auf den Stuhl.
„Bitte setze dich.. ich werde dir von ihr erzählen."
Ich setzte mich und Akamu holte ein dickes Buch aus dem Schrank. Es war in braunem Leder gebunden.
„Das ist das Buch unserer Familien. Hier wird aufgeführt, wer

wann geboren und gestorben ist, welche Kräfte Er/Sie hatten und wie sie perfektioniert wurden."
„So eine Art Stammbuch?" fragte ich.
„Ja. So könnte man es auch nennen." antwortete er und schlug eine Seite etwa in der Mitte des Buches auf und streckte es mir hin. Die Überschrift lautete:

KALEA HUHANA
Tochter von Avalon, Herrscherin von Katanien,

„Das ist dein -*Stammbaum*- wie du ihn nennst, da steht alles über dich. Aber Vorsicht! Nicht alles was du liest, könnte dir gefallen.."
Ich schaute ihn ungläubig an,
Wie meinst du das?
„Kalea war eine der mächtigsten Hexen unseres Volkes. Sie besaß von Geburt an die Kraft des Telepathen. Wie jeder von uns. Aber nur die großen Anführer konnten damit umgehen. Ihre zweite Kraft war die der Heilung. Wie du bereits schon weißt. Jeder erhielt eine andere Kraft am Tag der Geburt und ihre war eben die des Heilers."
„Und Keahi? Er ehielt die des Emphaten?" hakte ich nach.
„Ja!"
„Und wie kam Kalea zu den weiteren Kräften?"
Ich las weiter in meinem Stammbuch. Dort standen alle ihre Kräfte bis zum Zeitpunkt ihres Todes....
<u>*verfügbare Kräfte:*</u>

- *Heilung*
- *Fähigkeiten der Visionen*
- *Die Macht der Veränderung der Moleküle*
- *Die Macht der Zauberkunst*
- *Astralprojektion*

Wow! Sie schien wirklich sehr Mächtig gewesen zu sein...
„Ja das sagte ich doch bereits..! Sie wollte die mächtigste Hexe auf dem Planeten werden und so beschloss sie alles was in ihrer Macht steht, zu tun um dies zu erreichen. Auch wenn es nicht ganz richtig war."
„Nicht ganz richtig war?" soll das heißen sie hat böse Dinge getan?"
Akamu´s Miene verfinsterte sich.
„Was heißt die Moleküle verändern?" lenkte ich ab.
„Wie es da steht! Du kannst die Moleküle des Ziels verändern."
Ich starrte ihn an, denn ich verstand nicht was er meinte.
„Die Kraft die Moleküle so zu beschleunigen, dass sie explodieren..!" versuchte er mir klar zu machen,
„der Schrank, weil du wütend warst, die Lampen weil du.."
er lächelte, „in Extase warst!"
Oh ich verstehe...
„Bei Nakoa´s Geburt hast du den ganzen Palast in die Luft gejagt," scherzte er.
„Die Zauberkunst brachtest du dir selbst bei. Du lerntest jeden nur erdenklichen Zauberspruch auswendig und verfeinertest ihn so lange bis er passte."
„Und die Astralprojektion?"
Diese Kraft interessierte mich am meisten.
„Diese Kraft erreichte sie kurz bevor sie sich umbrachte. Kalea konnte ihr Spiegelbild an einen anderen Ort projizieren, ohne sich auch nur in der Nähe aufzuhalten und dadurch ihre Feinde verwirren."
„Wie kam sie zu dieser Macht?"
„Sie tötete eine andere Hexe und stahl ihre Kraft!"
Ich sah ihn erschrocken an,
Sie tötete eine andere Hexe wegen ihrer Macht?

Er nickte..
„Sie war fast schon wie Nakoa! Herrschsüchtig! Gierig nach Macht! Bereit alles zu tun um ihr Ziel zu erreichen."
Ich konnte es nicht glauben.
„Wusste Keahi davon?"
„Ja! Er hatte die Befürchtniss sie könne zur schwarzen Seite wechseln. Um dies zu verhindern und zu erkennen wann es so weit ist, hatte er ein Medaillon dass ihn davor warnte."
Das Drachenmedaillon!
Akamu nickte erneut,
„es leuchtet wenn eine schwarze Hexe in der Nähe ist."
„Hekate war also eine schwarze Hexe?" fragte ich neugierig.
„Du kannst dich an Hekate erinnern?"
„Nicht direkt, ich sah sie in einem Erinnerungszauber, und in einer Vision..!"
„Ja sie war eine der mächtigsten schwarzen Hexen. Aber nicht mächtig genug gegen Kalea vorzugehen."
Ich hatte also schon die Kraft der Heilung, der Visionen und der veränderten Moleküle.
Die der Zaubersprüche schien ich ebenfalls schon zu kennen, denn der Tee den ich braute, half Lucas das Fieber zu überwinden. Die nächste ist dann wohl die Astralprojektion.
Ich gestand Akamu dass sich das Medaillon bereits in Lucas´ Besitz befand und signalisierte das ich erst mal genug für heute hatte.
„In Ordnung," gab er zu verstehen, „aber passt auf, auch dieses Medaillon besitzt Kräfte. Und in den falschen Händen ist es äußerst gefährlich."
Ich nickte und verließ den Raum.
Daniel und Lucas saßen in der Küche und frühstückten.
„Was ist los, Kenzi?" wollte Lucas wissen als ich vor ihm stand

und das Medaillon anstarrte.
„Ich weiß jetzt wann der Kristall anfängt Rot zu leuchten!"
Ich schaute Daniel an,
„und auch das Kalea nicht so harmlos war wie ich dachte..!"
„Ja!" antwortete Daniel,
„sie war Mächtig, aber nicht Böse..!"
Ich erzählte Lucas was Akamu mir erzählt hatte, und auch was es mit dem Medaillon auf sich hat.
„Also ist es so eine Art Schutz-Medaillon?" wollte er wissen.
„Ja! Denke schon. So wie ich verstanden habe, zeigt es dir an wenn sich eine schwarze Hexe in der Nähe befindet."
„Also sollten wir doch damit Kiana aufspüren können?"
Ich schaute zu Daniel,
„Fragt nicht mich. Ich wusste nichts von dem Medaillon.
Ich sah zwar das er es trug, aber nie war es Rot."
Gespannt starrten wir alle auf das Medaillon, als würden wir warten das etwas passiert.
„Ihr könnt so lange darauf starren wie ihr wollt, aber es wird nichts passieren, ich habe einen Schutz auf dem Haus. Keine schwarze Magie wird hier herein kommen können,"
meinte Akamu als er uns so sitzen sah.

Gegen Mittag machte ich mich auf den Weg zu meiner Mom, sie klang etwas besorgt als ich sie anrief:
„Kenzi-Mäuschen, da war so eine seltsame junge Dame und hat nach Lucas und dir gefragt. Sie meinte sie kenne euch von der Schule. Als ich ihr sagte ihr seit nicht da, wurde sie eigenartig und stellte mir merkwürdige Fragen. Sie ließ einen Brief für dich da." erzählte sie mir.
Ich konnte mir nicht erklären wer das sein sollte, zumal niemand aus der Schule wusste, dass Lucas´ bei mir ist.
„Sie stellte sich mit Madison Johnes vor. Kennst du sie?"

meinte Mom als sie mir den Brief gab.
„Maddie? Ja! Was will denn die von mir?"
Maddie war unsere Schülersprecherin und Kapitän der Cheerleader, ich wusste gar nicht dass sie mich überhaupt kennen tut, geschweige denn weiß wo ich wohne.
„Das weiß ich nicht, wollte sie mir nicht sagen, sie gab mir nur den Brief und ging. Aber ihr Lächeln war mir unheimlich."
„Danke Mom."
Gerade als ich den Brief öffnen wollte, bekam ich eine Vision:

Wieder saß ich auf dem Stuhl, wieder war ich gefesselt, wieder schrie ich nach Gnade, wieder wurde ich gefoltert... Doch diesmal sah ich dass Lucas neben mir regungslos auf dem Boden lag.

„Kenzi! Ist alles Ok? Du bist ja kreidebleich. Was steht den da?" wollte meine Mom wissen.
Ich schaute auf das Blatt Papier, es war leer...
„Nichts Mom, alles Gut. Mach dir keine Sorgen."
Ich ging in mein Zimmer und versuchte mich zu beruhigen.
Was hatte dass zu bedeuten? Etwa das Maddie Kiana ist?
Und der leere Brief? Sie wusste dass ich Visionen erhalte, also gab sie mir diesen Brief. Sie muss Kiana sein!!
Ich packte frische Kleidung ein und eilte zurück zu den anderen.
„Ich weiß wer Kiana ist!" stürmte ich ins Haus,
„es ist Madison Johnes."
Alle starrten mich an,
„sie schickte mir einen Brief!"
Daniel nahm den Brief in die Hand,
„aber das Blatt ist leer...!"
„Ich hatte eine Vision als ich ihn öffnete."

„Du hast sie gesehen??" fragte er erstaunt.
„Nein!"
„Woher willst du dann wissen das es Madison ist?"
„Ich hatte eine Vision!" betonte ich,
„sie gab mir einen leeren Brief worauf ich eine Vision erhielt. Sie wusste dass ich eine Vision erhalte wenn ich den Brief öffne."
Daniel schüttelte ungläubig den Kopf,
„Nein das hätte ich doch gemerkt als ich mit ihr.."
er verstummte.
„Als du was??" wollte ich überrascht wissen,
„du hast mit Maddie geschlafen??" schrie ich als ich in seine Gedanken hörte. Daniel wich meinem Blick aus. Ich schaute zu Lucas, der amüsiert in die Runde blickte.
„Sie ist eine Meisterin der Täuschung. Sie könnte dich getäuscht haben," gab Akamu zu verstehen,
„Welche Vision hast du erhalten?"
Ich hatte Angst ihnen von der Vision zu erzählen. Wenn sie sich bewahrheitet, würde dies bedeuten wir würden versagen.
Ich dachte an meine Vision und an Lucas´ Gesichtsausdruck konnte ich sehen, dass er meine Gedanken gelesen hatte.
„Soweit wird es nicht kommen, Kenzi! Ich habe noch das Medaillon, wir werden zu Madison gehen und sehen ob sie eine Hexe ist," versuchte er mich zu beruhigen.
„Und wenn genau das der Grund für die Gefangenschaft ist?"
„Wir müssen einfach vorsichtig sein. Ich werde mit Daniel zu ihr gehen, und du hältst dich im Hintergrund, damit du notfalls mit deiner neuen Kraft eingreifen kannst."
„Ok."
Daniel nickte.
„Gut, aber seit vorsichtig," meinte Akamu und wünschte uns viel Erfolg.

Am nächten Tag machten wir uns auf den Weg zur Schule, denn die Cheerleader hatten heute Mittag Training und ich wusste dass Maddie dann dort sein wird. Ich versteckte mich in der Nähe der Tribüne und beobachtete wie Daniel und Lucas auf sie zu gingen.
„Hallo Madison," sprach Lucas sie an, „du hast mich gesucht?"
„Ich habe was?"
„Kenzi´s Mom sagte du warst bei ihr zu Hause und hast nach uns gefragt?"
ungläubig starrte sie uns an,
„Wieso sollte ich dass tun?"
„Du hast ihr also kein leeres Blatt Papier da gelassen?" wollte Daniel wissen.
„Ein leeres Blatt Papier?" sie schaute die beiden skeptisch an, „was sollen diese merkwürdigen Fragen? Daniel du bist eindeutig schon zu lange mit den Loosern zusammen," drehte sich um und lief zu den anderen. Daniel und Lucas schauten mich aus der Ferne an und ich konnte sehen dass Daniel mit den Schultern zuckte. Lucas holte das Medaillon aus seinem Shirt hervor, der Kristall leuchtete ganz Schwach, kaum zu sehen.
Sie nickten sich zu und rannten zu mir,
„vielleicht ist er Kaputt?" gab ich zu verstehen als sie bei mir ankamen und mir von dem schwachen Licht und Maddie´s Worte erzählten.
„der Kristall leuchtete Rot, wenn auch nur schwach. Also ist sie Kiana." Lucas war sich absolut sicher. Wir machten uns gerade auf den Rückweg zu Akamu, als plötzlich der Kristall hell Rot zu leuchten anfing.
„Sie ist hier! Ich spüre sie.." sagte Daniel und drehte sich auf der suche nach ihr im Kreis.

„Hallo Hexe!! Hallo Geliebter!! ihr habt meine Nachricht also erhalten."
Madison stand vor uns, ihre Augen leuchteten in einem giftigen Grün,
ich wusste es, Madison ist Kiana!!
„Ich wusste du würdest aus deinem Versteck kommen wenn ich bei deiner Mutter auftauche."
„Ja, und ich kann mich auch inzwischen an alles erinnern."
„Oh, dann Kalea, sag mir wie fühlt man sich wenn der Sohn ein Verräter ist und Leben für Leben getötet wird und du ihn nicht retten kannst?"
„Er ist kein Verräter! Er wurde rein gelegt. Hekate hat ihn getäuscht. Aber sag du mir wie fühlt man sich wenn man als Mutter seinen neugeborenen Sohn zurück lässt nur um Rache zu üben, du hast Makaio geopfert, nur um deine Rache zu bekommen."
„Was weißt du schon über Makaio?"
„Ich weiß dass Hekate ihn gefunden hatte und du weißt auch wofür sie ihn wollte.."
„Nein!! das ist nicht war.." Madison wurde wütend, sie ballte die Fäuste und ich sah kleine Blitze aus ihnen flackern.
„Doch Akamu hat es uns erzählt, er sah es kurz bevor er zu uns kam."
Das war zwar eine Lüge, aber das wusste Kiana anscheinend nich.t
„AAAAAAAAHHHHHHHH" fing sie an zu schreien und schoss die Blitze auf uns, als das Medaillon eine Art Schutzschild um uns bildete, sie wurde von ihren eigenen Blitzen getroffen und fiel zu Boden.
Sag mal bist du Lebensmüde??
dachte Daniel und beugte sich über Maddie um ihren Puls zu messen. Der Kristall leuchtete wieder Schwach.

„Sie lebt noch. Seit Vorsichtig."
„Was, Was ist passiert? Wo bin ich?" wollte Madison wissen als sie wieder zu sich kam.
„Kannst du dich nicht erinnern?" fragte ich überrascht.
„Ich weiß noch das Lucas mir so eigenartige Fragen stellte, und dann nur noch das ich hier auf dem Boden liegend aufgewacht bin." Sie hielt sich den Kopf,
„Hattest du solche Blackouts schon öfters?" fragte ich,
„Bis jetzt nur einmal. Vor zwei Tagen. Ich stand im Garten eines Hauses und wusste nicht mal wie ich da hin gekommen bin."
„Hmmm," gab ich zurück,
*Das war dann mein Haus, als sie den Brief da lies..
Lucas und Daniel nickten.

Bei Akamu angekommen erzählten wir ihm was passiert ist,
„Das habe ich befürchtet. Kiana kann kurzzeitig den Geist eines Menschen in Besitz nehmen und durch ihn handeln. Daher auch Madison´s Gedächtnislücken, an die Zeit als sie Kiana war, kann sie sich nicht erinnern." erklärte er uns.
„Und warum leuchtet der Kristall in einem Moment schwach und im anderen hell?" wollte Lucas wissen.
„Das ist die Restenergie, die wird schwach angezeigt."
„Es schützte uns vor ihren Angriffen.." meinte Lucas.
„Ja ich sagte doch es ist Mächtig."
„Was kann es noch?" wollte Lucas wissen.
„Das wirst du bald herausfinden..!" sprach Akamu und lies uns fragend zurück.

Kapitel 9
der Zwilling

„Hey Baby! Warum bist du gestern so schnell abgehauen? Hatte ich was Falsches gesagt? Die Jungs haben es nicht so gemeint."
Ich saß mit Lucas in einer Pizzeria und dieser Junge trat an mich heran, „das darfst du nicht so persönlich nehmen."
Er setzte sich neben mich und legte den Arm um mich, „bist du mir etwa Böse?" Lucas schaute ihn kritisch an.
„Entschuldigung, aber wer sind sie?" wollte ich wissen und löste seine Umarmung.
„Ok, ok, das habe ich Schätzungsweise verdient," fuhr er fort und versuchte mich zu küssen.
„Hey jetzt reicht es aber...!" versuchte Lucas mir zu helfen.
„Und wer bist du?" wollte dieser Typ wissen.
„Ich bin ihr Freund!"
„Oh, stopp! Sie sagte mir sie hätte keinen Freund," protestierte er und hielt die Hände in die Höhe.
„Ich weiß nicht mal wer sie sind?" antwortete ich verwirrt.
„Ich bin Mateo, aus dem LUX! Wir haben uns letzte Woche kennengelernt."
Das LUX war eines der angesagtesten Nachtclubs in unserer Stadt.
„Ich war noch nie im LUX."
Mateo sah mich skeptisch an und Lucas hielt das Medaillon in seine Richtung nur um ganz sicher zu gehen.
„Gut Mila, wie du meinst. Wenn du mich nicht mehr kennen willst, werde ich jetzt gehen."
Er stand auf und wollte gehen,
„Hey Mateo, ich weiß jetzt warum ich dich nicht kenne, ich bin nicht Mila. Ich heiße Kenzi." rief ich ihm nach.

„Wirklich?" fragte er überrascht,
„du siehst ihr aber verdammt ähnlich. Entschuldige bitte die Verwechslung."
„Kein Problem," gab ich lachend von mir.
Er streckte Lucas die Hand hin, „nichts für ungut, Kumpel."
Sie schüttelten sich die Hände und Mateo ging.
Lucas bekam eine Vision als er seine Hand schüttelte.
*Das war eigenartig, was?
Scherzte ich, doch Lucas sah das wohl nicht so amüsant.
„Ich war wirklich noch nie im LUX. Und kennen tu ich diesen Mateo auch nicht."
„Ja ich glaube dir, aber es war komisch zu sehen wie du diesen Typen küsst, oder sie ihn küsst. Sie sieht dir wirklich sehr ähnlich."

Wir mussten besonders Vorsichtig sein, denn da Kiana uns nicht ihr wahres Gesicht zeigte, könnte sie in jedem beliebigen Körper plötzlich vor uns stehen. Da wir nicht wussten wer sie wirklich ist, konnten wir auch noch nicht gegen sie vorgehen.

„Das Gesicht von Lucas hätte ich gerne gesehen als dieser Mateo dich küssen wollte," lachte Daniel als ich ihm von unserem Erlebnis in der Pizzeria erzählte. Ich musste auch leicht schmunzeln, denn es war wirklich einmalig.
Plötzlich sah ich in einer Vision wie Daniel von einem Kissen getroffen wurde. Die Vision kam unerwartet und ohne dass ich ihn anfassen musste.
„Was ist los?" wollte er wissen als er es bemerkte und da flog auch schon ein Kissen in seine Richtung.
*Aua
Ich musste lachen, Lucas warf mit seiner Telekinese ein Kissen nach Daniel.

„Was soll das Lucas?" Daniel war leicht verärgert,
„ich wollte dir nur demonstrieren, dass ich meine Kraft kontrollieren kann," schmunzelte Lucas.
Na vielen Dank auch..
„Das Telefon klingelt," erwähnte ich beiläufig und die beiden schauten mich überrascht an, denn es klingelte erst kurz nachdem ich es erwähnte.
„Ist meine Mom, ich geh ran," sagte ich als wäre es selbstverständlich dies zu wissen.
„Seit wann kann sie das denn?" fragte Daniel überrascht.
„Ich schätze seit heute," antwortete Lucas genau so überrascht darüber, ich zwinkerte den beiden zu und nahm den Hörer ab.
„Hallo Mom, schön das du anrufst, ich wollte mich auch gerade melden."
„Ach ja! Wolltest du mir dann von deinem Werbespot erzählen?"
„Meinem Was?"
„Du hättest mir ruhig davon erzählen können, ist doch eine normale Sache und wenn du dafür Werbung machst ist das auch Ok."
Ich hatte keine Ahnung wovon sie da sprach.
„ich sag nur Safety first.." scherzte sie.
„Mom wovon redest du da?"
Nie hat man eine Vision wenn man sie braucht.. dachte ich.
„Na von deinem Werbespot, habe ihn gerade im fernsehen gesehen, ihr hattet aber nicht ernsthaft Sex, oder? Das sah so echt aus. Was sagt denn Lucas darüber?"
„Ich weiß echt nicht was du meinst, Mom. Was bewerbe ich denn in dem Spot?" langsam wurde ich nervös und schaute zu den anderen, die mich fragend ansahen.
Mom räusperte sich,
„Ähm extra gefühlsechte, ultradünne, Latexfreie Kondome.

Mit und ohne Geschmack.." flüsterte sie ins Telefon, als hätte sie Angst die Nachbarn könnten sie hören.
„Mom das bin ich nicht in diesem Spot. Ich mache doch keine Werbung für Kondome..!"
Riesen Gelächter hallte durch den Raum und ich wünschte ich könnte ebenfalls Telekinese..
„Aber Kenzi, ich erkenne doch meine Tochter wenn ich sie sehe."
„Das ist eine Verwechslung. Ich wurde heute schon einmal verwechselt." versuchte ich mich zu verteidigen.
„Schon gut. Ist ja deine Sache, womit du dein Geld verdienst. Aber bitte belasse es bei dem Werbespot und drehe nicht noch," sie seufzte,
„Ja Mom, ich habe verstanden."
Daniel und Lucas kugelten sich vor lachen. Ich legte den Hörer auf und schrie innerlich auf. Die Glaskaraffe auf dem Tisch explodierte und sie hörten auf zu lachen.
Ich schaltete den Fernseher an in der Hoffnung den Spot noch einmal zu sehen, doch wie es nun mal so ist, gerade dann läuft er nicht. Nachdem ich eine geschlagene Stunde jeden Werbeblock verschiedener Sender gesehen hatte und *meiner* nicht dabei war, beschloss ich die Visionen sprechen zu lassen und fuhr mit Lucas und Daniel in den Supermarkt.
Wir standen vor dem Regal der Verhütungsmittel und diskutierten welche denn nun die richtigen seien.
„Ultradünn und Gefühlsecht," meinte Daniel und hielt eine Packung in die Höhe.
„Die sind aber nicht Latexfrei," kam von Lucas,
„eher diese,"
und hielt ebenfalls eine in die Höhe.
„Gibt´s die auch mit Geschmack?" wollte Daniel wissen.
Mir war das Superpeinilch, weil ich auch bemerkte, dass uns

eine Verkäuferin beobachtete. Ich lächelte sie an und sie lächelte zurück.
„Wir suchen extra gefühlsechte, ultradünne, Latexfreie Kondome, mit und ohne Geschmack," fragte ich sie.
„Ich wusste doch ich kenne dich irgendwoher," meinte die Verkäuferin, „die haben wir hier aufgestellt."
Daniel und Lucas stellten die Packungen zurück ins Regal und wir folgten ihr.
Sie führte uns an einen überdurchschnittlich großen Pappaufsteller mit Kondomen der Marke -Happyness-.
Darüber ein Schild in Neon-Rot
-*Neu, jetzt bei uns, bekannt aus TV*-
und einem Foto von MIR...!!
Verdammt, dass bin ja wirklich ich..
Lucas und Daniel grinsten und nahmen eine Packung in die Hand.
Wow, Kenzi Respekt. Lucas geht sie wirklich so ab beim Sex?
dachte Daniel und Lucas warf ihm die Packung an den Kopf.
„Ich mein ja nur," rechtfertigte sich Daniel und hielt mir eine Packung hin, „willst auch mal sehen??"
Ich wusste nicht wirklich ob ich das wollte, nahm sie aber trotzdem in die Hand.
Entsetzt lies ich die Packung fallen,
Igitt, großartig..
„Die denken alle dass ich das bin!"
Mehrere Kunden standen in unserer Nähe und beobachteten uns. Ein Typ kam auf uns zu und streckte mir eine Packung unter die Nase,
„Gibst du mir ein Autogramm darauf?"
„Nein!! ganz sicher nicht..!" gab ich wütend von mir und stampfte davon.
Daniel und Lucas amüsierten sich köstlich.

„Ähm ich hab da was für euch..!" sagte Daniel als wir im Auto saßen und zurück fuhren.
Er saß auf dem Rücksitz und beugte sich zu uns nach vorne um uns eine Packung der Kondome zu überreichen.
„Sehr witzig, Daniel!" sagte ich wütend und riss ihm die Packung aus der Hand. Lucas konnte vor lauter Lachen fast kein Auto fahren.
Zu Hause bei Crowley angekommen, sperrte ich mich vor lauter Scham ins Zimmer ein.

Am nächsten Morgen saßen alle beim Frühstück als ich nach unten kam,
„Na hattest du süße Träume?" fragte Daniel mit einem grinsen im Gesicht. Schweigend aß ich mein Müsli.
Ich beschloss etwas Shoppen zu gehen, wollte einfach mal wieder ich selbst sein. Ich Kenzi. Lucas gab mir sein Medaillon zum Schutz mit.
In der Mall war es voll und niemand beachtete mich.
Genau dass habe ich vermisst..
Voll bepackt setzte ich mich an den Brunnen und aß mein Sandwich dass ich mir gekauft hatte.
„Hi MJ, warum hast du nicht gesagt dass du shoppen gehen willst? Ich wäre doch mitgegangen. Besser wie mit Brad und seinen Vollidioten hier vorm Dinner -*Bunnys*- abzuchecken."
Ein rothaariges Mädchen stand vor mir und lächelte mich an.
„Wer ist Brad?" fragte ich sie.
„Ja genau!! Voll peinlich oder?" antwortete sie und zeigte auf eine Gruppe Jungs die jedes Mädel anmachten dass gerade vorbei lief.
„Was hast du gekauft?"
Ich zeigte ihr einen Pullover, eine Jeans und die passenden Schuhe dazu.

„Wow MJ, sieht super aus. Ist die Kette auch neu?"
sie deutete auf Lucas´ Medaillon.
Ich kannte das Mädchen nicht, und für ein Bruchteil einer Sekunde hatte ich das Bedürfnis einfach so zu tun als wäre ich diese MJ.
„Entschuldige bitte," sagte ich zu ihr,
„aber ich bin nicht MJ. Mein Name ist Kenzi."
„Kenzi?" sie sah mich erschrocken an, ich nickte, sie fing an zu lachen.
„Oh Gott wie peinlich. Mateo erzählte uns von der Verwechslung in der Pizzeria, ich konnte es nicht glauben und jetzt ist mir es selbst passiert."
„Ah dann meintest du mit MJ Mila?"
„Ja, sie nennt sich MJ, Mila Jolene Hudson ist ihr vollständiger Name. Und mein Name ist Sadie."
Sie streckte mir die Hand hin,
„Freud mich dich kennenzulernen."
Ich schüttelte ihre Hand,
„ebenfalls."
„Mann ihr seht euch echt sehr ähnlich," meinte Sadie,
„fast wie Zwillinge. Wenn ich dass MJ erzähle, die wird Augen machen."
Wie Zwillinge???
Das ist es! Meine Schwester!!
„Entschuldige Sadie, aber ich muss jetzt gehen."
„Ja kein Problem, aber komm doch Samstag ins LUX? Ihr müsst euch unbedingt kennen lernen?"
„Ich werde sehen ob es sich einrichten lässt," versprach ich ihr und machte mich auf den Weg zu den anderen.

„Hattest du Spaß auf deiner Shoppingtour?" empfing mich Lucas.

„Oh ja. Ich habe Sadie kennengelernt. Die Freundin von MJ."
„MJ?"
„Ja Mila!"
„Oh du meinst deine Doppelgängerin!"
„Nein meine Schwester!"
Er schaute mich verwundert an.
„Das würde doch erklären warum wir uns zum verwechseln ähnlich sehen. Sie ist meine Zwillingsschwester."
erklärte ich ihm aufgeregt.
„Sadie hat uns ins LUX eingeladen, um uns MJ vorzustellen."
Er sah mich skeptisch an,
„bist du sicher dass das kein Trick von Kiana ist?"
„Das Medaillon leuchtete kein Stück. Nicht mal ansatzweise. Also auch keine Restenergie," versuchte ich ihn zu überzeugen, „bitte Lucas, ich brauche deine Emphati bei der Sache."
„Ok, wenn es dir so wichtig ist."
„Danke!"
„Aber nicht ohne mich," warf Daniel ein, der uns mal wieder belauscht hatte.
Von mir aus..

Samstag abends standen wir in der Schlange vor dem LUX und warteten bis wir rein durften.
„Das dauert ja ewig," beschwerte sich Daniel.
„Du kannst gerne wieder gehen," meinte Lucas.
„Hört auf zu streiten bitte, wir kommen sicher gleich rein."
Daniel ging nach vorne und redete mit dem Türsteher, als er wieder kam winkte er uns zu sich.
„Wir können rein," grinste er uns an.
„Wie hast du das geschafft?" wollte ich wissen.
„Ich fragte einfach ob er Lust hat die Sexy Frau aus der Happyness Kondomwerbung kennen zu lernen."

„Bitte was?"
„Komm schon, lächle, sag Hallo und wir dürfen rein."
Ich warf Daniel einen bösen Blick zu, dem Türsteher ein nettes Hallo und wir durften tatsächlich rein.
Es war voll, wie sollten wir hier Sadie und MJ nur finden?
Wir gingen erst mal zur Bar um etwas zum Trinken zu holen.
„Hallo MJ, wie immer?" fragte mich der Barkeeper.
„Äh, was trinke ich den immer?"
Er lächelte und stellte mir einen Cosmopolitan hin.
„Bitte sehr."
„Danke, hast du Sadie gesehen, wir wollten uns hier treffen?" fragte ich ihn und er deutete nach oben.
*Na das war einfach
strahlte ich und ging Richtung Treppen.
Kaum Oben angekommen, fiel mir auch schon ein Typ um den Hals und küsste mich.
„Hey was soll das..?" riss Lucas ihn von mir weg und schuckte in gegen das Geländer. Gerade als der Typ fäusteballend auf ihn zu rennt, kommt ihm Sadie zur Hilfe,
„Stopp, Mateo. Das ist nicht MJ. Das ist das Mädchen aus der Pizzeria und der Mall.."
Mateo sah uns entgeistert an, *Oh Mann.. nicht schon wieder*, konnte ich ihn denken hören.
„Entschuldige.." murmelte er und drehte sich weg.
Ich lief rot an und Lucas schnaufte schwer während Daniel vor sich hin grinste.
Sadie umarmte mich,
„Hallo, schön dass du gekommen bist, MJ ist schon ganz neugierig. Sie müsste bald hier sein."
Wir saßen schon etwa eine Stunde im LUX als plötzlich MJ dazu kam,
„oh mein Gott.. Das ist ja der Wahnsinn."

Sie stand vor mir und starrte mich an.
„Wie wenn ich in einen Spiegel blicke."
Sie sah wirklich aus wie ich, nur ihre Haare waren ein kleines bisschen kürzer als meine.
„Ich hab soooo viel fragen an dich, Kenzi. Ich bin total aufgeregt weil ich dich kennen lerne," blabberte Mila wie ein Wasserfall,
„ich meine man lernt nicht jeden Tag seine Doppelgängerin kennen."
„Ja! Genau darüber muss ich mit dir reden MJ, aber hier ist es so laut. Können wir kurz raus gehen?"
MJ und Sadie sahen uns überrascht an, folgten uns aber nach draußen.
„So hier ist es etwas ruhiger, was gibt es denn Zwilling?" kicherte Mila.
Los jetzt raus damit, einfach drauf los..
hörte ich Daniel denken.
„Wurdest du adoptiert?" fragte ich direkt.
„Ja"
„Ok ich auch."
MJ sah mich fragend an,
„Worauf willst du hinaus?"
Ich atmete tief ein und langsam wieder aus,
„ich bin deine Schwester, deine Zwillingsschwester!!"
sprudelte es schnell aus mir heraus.
Sadie und MJ sahen mich mit offenem Mund entsetzt an.
„Mila? Alles Ok?" fragte ich mit quitschiger Stimme.
Sie starrten immer noch.
Lucas was fühlt sie? wollte ich wissen.
Verwirrtheit, Unsicherheit, Betrug
„Das.. ist.. der.. Wahnsinn!!" fing MJ plötzlich an zu kreischen und fiel mir um den Hals.

Jetzt Freude strahlte Lucas.
Sadie klatschte und hüpfte auf und ab.
„Jetzt habe ich noch mehr fragen an dich," meinte MJ als sie die Umarmung löste,
„aber jetzt lass uns erst mal wieder rein gehen und Party machen."
Die anderen aus ihrer Gruppe starrten mich genau so verwirrt an wie Sadie und MJ als sie berichtete dass ich ihre Schwester sei.
„Cool! Ich hatte noch nie Zwillinge..!" gab Mateo schließlich von sich und sah mich lüstern an.
„Oh entschuldige bitte..!" kam von Lucas der seinen Drink auf Mateo verschüttete.
„Ja schon gut, ich habe verstanden." sagte er und wusch sich den Drink aus dem Schoß.
„Mateo, du kannst nur an Sex denken..!" ermahnte ihn MJ.
Die Party war auf Hochtouren und der Alkohol zeigte bereits seine Wirkung als Lucas´ Medaillon zu leuchten begann und sich die Leute um uns herum in Zeitlupe bewegten.
Was ist jetzt schon wieder?
fragte ich die beiden.
„Sie ist hier.." antwortete Daniel.
„Ja das kann ich sehen, aber warum laufen alle in Zeitlupe?"
Weil ich dass so will....
hörte ich sie sagen.
Ich sah zur Treppe und eine dunkelhäutige Frau in knapper Lederbekleidung trat herauf.
Ich dachte daran sie einfach explodieren zu lassen und weiter zu feiern.
„Aber nicht doch.. Du willst diesen tollen Körper nicht wirklich töten.. Du würdest mich dadurch nicht aufhalten."
„Willst du uns jetzt hier töten, vor all den anderen?"

sie lachte, „Nein. Das wäre zu einfach."
„Was willst du dann?"
„Das selbe was du willst, das Kind reines Blutes..!"
Sie trat in Richtung MJ und ich stellte mich in ihren Weg um dies zu verhindern.
„Wenn du ihr auch nur ein Haar krümmst, dann..!"
„Dann was, Kalea!!! Tötest du jeden Körper in dem ich stecken könnte?? mach dich nicht lächerlich."
Sie wurde wütend und würgte mich mit einer Hand, „Jämmerliche Hexe des Todes..!" sie lies ab von mir und bevor ich realisierte was sie sagte, flog sie quer durch den Raum über das Geländer und die Zeit lief wieder normal.
Warst du das Lucas?
Er nickte, ich lächelte und rieb mir den Hals.
„Hey da ist so eine besoffene doch glatt von der Brüstung auf das Kuchenbüfett gefallen und behauptet sie hätte nichts getrunken, und wüsste nicht mal wie sie nach oben gekommen ist!"
lachte Mateo der gerade von der Toilette zurück kam.
Die anderen schienen nichts mitbekommen zu haben.
Ich konnte mich den Rest des Abends nicht mehr wirklich auf die Party konzentrieren. Kiana´s Worte schwirrten in meinem Kopf. In einer Vision sah ich wie Mateo von einer Flasche am Kopf getroffen wurde und mit einer Platzwunde am Boden lag.
„Vorsicht Mateo, ducke dich, jetzt, schnell.." rief ich ihm zu.
Er duckte sich und die Flasche flog haarscharf an seinem Kopf vorbei.
„Wow.. Das war knapp," scherzte er.
Lucas sah mich strafend an.
„Woher wusstest du das die Flasche geschmissen wird?" wollte MJ wissen.
„ÄH, ich hab es beobachtet," stotterte ich verlegen.

Wir verabredeten uns für Sonntag Mittag und verließen das LUX.
Lucas schlief sehr unruhig in dieser Nacht. Es erinnerte mich an die Nächte seines Fieberdelirium. Er spritzte mehrfach auf und rief meinen Namen, doch wenn ich ihn danach fragte, meinte er nur es wäre nichts weiter. Ich konnte auch keinen sinnvollen Gedanken von ihm hören.
Völlig verkatert saßen wir am Frühstückstisch und wurden von Akamu beobachtet.
„Ihr seit unvorsichtig geworden. Geht einfach Party machen obwohl Kiana immer noch unerkannt draußen herum läuft," rügte er uns.
„Ihr habt keine Ahnung wie Mächtig sie mittlerweile ist."
„Ja aber wir können auch nicht immer nur hier herum sitzen, ich habe meine Schwester gefunden und es besteht die Möglichkeit dass sie auch ein Teil des Ganzen ist!"
„Seit vorsichtig.. Ich sehe die Zukunft verschwommen, kann euch also nicht mit Sicherheit sagen ob sie etwas damit zu tun hat. Aber mit Sicherheit hat Kiana Interesse an ihr."
Er verließ den Raum.
„Kommst du mit heute? Ich will MJ meiner Mom vorstellen!" richtete ich mich Lucas zu.
Er nickte ohne mich anzusehen.
„Gut, dann gehe ich jetzt duschen."
„Ich habe ein schlechtes Gefühl bei MJ," Daniel klang ernst.
Lucas nickte erneut, „Ich auch..!"

Kapitel 10
Die Hexe des Lebens und
Die Hexe des Todes

Im Zeitalter des Mondzirkel werden die Hexe des Lebens und die Hexe des Todes in der Reinkarnation, als Zwei Kinder einer Mutter, geboren am selben Tag , wiederkehren...

Diesen einen Teil der Prophezeiung sah Lucas in seinen Träumen, Nacht für Nacht. Doch seit MJ aufgetaucht ist, wurden die Träume schlimmer, die Bilder klarer, die Worte deutlicher und er wusste der Kampf steht kurz bevor.

Er schlich sich in Crowley´s Bibliothek um ein Buch der Hexen zu finden. Er wollte wissen was oder wer sie wirklich waren. Ganz hinten, gut versteckt, in einem Laken eingepackt, fand er es,
de maleficis vitam et mortem

Es war Alt und in einer Sprache die er nicht lesen konnte, doch er fühlte die Macht des Buches und eine gewisse Furcht überkam ihn als er es öffnete. Es war als flüstere das Buch ihm etwas zu, leise und kaum zu verstehen.
Et ordinavit mors est...*
mehr konnte er nicht verstehen, wie im Bann starrte er die Zeilen an. Ein Windhauch streifte durch das Zimmer, doch das Fenster war geschlossen. Er spürte wie eine ihm unbekannte Macht versuchte die Kontrolle über seine Sinne zu erhalten. Mit aller Kraft wehrte er sich dagegen.

* Et ordinavit mors est =Der tod ist dem geweiht

„Was tust du da?" Akamu betritt den Raum und riss Lucas aus seinem Bann.
„Ich suche das Buch der Hexe des Lebens."
Akamu nahm ihm das Buch aus der Hand und wickelte es wieder in das Laken ein um es hinterm Regal zu verstauen.
„Was ist das für ein Buch?" fragte ihn Lucas immer noch fasziniert über die Macht des Buches.
„Das Buch der Hexe des Lebens.." sprach Akamu, „und der des Todes!"
„Genau dieses Buch suche ich."
„Ja das sagtest du, doch wie du sicher bemerkt hast, bist du noch nicht bereit dafür."
„Was war das für eine Macht die zu mir sprach?" wollte Lucas wissen.
„Die Hexe des Todes! Dein Wille ist noch nicht Stark genug. Sie versucht dich in ihren Bann zu ziehen."
„Ich muss etwas über die Hexe des Lebens wissen, ich muss das Buch lesen!" Lucas war wild entschlossen.
„Nein!! Wo Leben ist, da ist auch Tod.. Wo die Hexe des Lebens ist, da ist auch die Hexe des Todes..
Du kannst das Buch nicht lesen ohne in ihren Bann zu geraten."
„Ich denke das MJ..." flüsterte Lucas.
„Ich weiß.." unterbrach ihn Akamu.
„Und Kenzi ist..."
„Ja," unterbrach er ihn erneut.
Lucas starrte ihm in die Augen und erhoffte mehr Reaktionen als ein *Ja,* doch vergebens. Ohne Worte lief er an Akamu vorbei und verließ die Bibliothek.

Lucas

Kapitel 10 - 14

Ich spürte nichts Gutes in MJ´s Gegenwart, Daniel ging es genau so, aber Kenzi wollte nichts davon wissen.
Sie meinte wir würden langsam Paranoid werden und dass dies genau Kiana´s Absicht wäre.
Wir besuchten also Kenzi´s Mom und stellten ihr die verschollene Schwester vor. Ich versuchte in ihren Gedanken zu Hören, doch es gelang mir nicht wirklich. Ihre Gedanken waren wirr und unverständlich wie die eines kleinen Kindes.
Sie lachte viel, zu viel für meinen Geschmack. Als hätte sie etwas zu verbergen.
„Was weist du über deine leibliche Mutter?" fragte ich MJ.
„Nichts! Was wisst ihr denn?"
„Sie hieß Tessa und war 16 Jahre als wir geboren wurden," beantwortete Kenzi die Frage bevor ich etwas sagen konnte und warf mir einen bösen Blick zu.
„Wieso bist du jetzt hier?" fragte ich weiter.
„Meine Tante ist erkrankt, und wir pflegen sie.."
„Hat deine Mom dir nie gesagt dass du eine Schwester hast?"
Ich durchlöcherte sie mit meinen Fragen, wollte sie aus der Reserve locken,
„nein! Aber Kenzi wusste es ja auch nicht bis vor kurzem!"
MJ lies sich nicht aus der Ruhe bringen.
Schluss jetzt Lucas! Worauf willst du hinaus?
Ermahnte mich Kenzi.
„Und wann lernen wir deine Mutter kennen?"
Ich lies nicht locker.
„Sie ist zur Zeit nicht in der Stadt."
„Und wann kommt sie wieder?"
„In ein paar Wochen," ich spürte dass MJ leicht sauer wurde.
„Und wer kümmert sich derweil um die Tante? Ich dachte ihr pflegt sie?"
„Eine Pflegerin!!" gab sie wütend zur Antwort.

„Lucas!!!"
Es reicht!! rügte mich Kenzi.
Gut wie du willst..
Ich stand auf und ging nach draußen.
„Dein Freund scheint mich nicht zu mögen?" hörte ich MJ noch sagen.
Ich saß auf der Veranda als ich eine Vision bekam.

Daniel stand auf einem Hügel, seine Kleidung schmutzig, zerrissen, blutverschmiert, er breitete seine Hände aus, schrie als mehrere Blitze auf ihn trafen und er Tod zu Boden fiel.

Das Medaillon um meinem Hals flackerte Orange, das hat es noch nie gemacht. Ich drehte mich um und MJ stand hinter mir. Erschrocken spritzte ich auf. Sie lachte mich an und wieder hatte ich dieses ungute Gefühl.
„Ich weiß du kannst mich nicht leiden," fing sie ein Gespräch an.
„Wo ist Kenzi?" versuchte ich ihr auszuweichen.
„Ich habe ihr gesagt ich will alleine mit dir reden, also, warum kannst du mich nicht leiden?"
„Ich traue dir nicht!" sagte ich mit ernster Stimme.
„Du kennst mich nicht."
„Genau deshalb traue ich dir nicht.."
Sie trat einen Schritt näher an mich heran,
„also traust du niemandem den du nicht kennst?"
„Nein. Ich traue Dir nicht."
Ich trat einen Schritt zurück.
Sie sah mein Medaillon und stockte kurz, es flackerte immer noch Orange. Ich spürte ihren Respekt vor dem Medaillon.
Wie Schade!! hörte ich sie denken,
dabei bist du doch viel zu süß für so einen ernsten

Gesichtsausdruck.
Instinktiv musste ich lächeln.
„Oh ihr habt euch vertragen, toll!" Kenzi stand an der Tür.
„Ich schätze schon," gab MJ zur Antwort und schaute mich fragend an.
Ohne Worte lief ich zurück ins Haus.

Seit wir wieder zurück waren sprach Kenzi keinen Ton mit mir. Sie wollte nichts hören von all dem Gerede MJ sei nicht die die sie zu glauben schien.
„Was weißt du über die Hexe des Lebens?" fragte ich Daniel.
Er sah mich an, als hätte ich einen Wunden Punkt getroffen.
„Wieso fragst du?"
„Ich glaube Kenzi ist die Hexe des Lebens und MJ ist.."
Daniel stand auf bevor ich den Satz fertig sprechen konnte und lief zur Tür um sie zu schließen.
„Hast du schon mit Akamu darüber gesprochen?" flüsterte er mir zu.
„Ja! Und Nein! Er war sehr zurückhaltend. Genauer gesagt, sagte er eher nichts, nur über das Buch."
„Du hast das Buch gelesen?" fragte er erstaunt.
„Nein ich wollte es lesen, aber ich konnte nicht.."
„MMMHH," antwortete er mir und sah mich mitleidig an.
„Bitte Daniel, du musst mir sagen was du weißt," flehte ich ihn an.
„Du hast recht. Die Hexen sind wieder da."
„Aber wie ist das Möglich? Wie kann Kenzi, Kalea und die Hexe des Lebens sein?" fragte ich erstaunt und verwirrt.
„In dem Punkt irrst du dich.. Kennst du die Geschichten der Hexen?" Daniel schaute mich fragend an.
Ich schüttelte den Kopf.
„Unser Volk war ein Volk voller Magie und Zauberei," fuhr er

fort,
„die Hexe des Lebens schenkte Leben und die des Todes nahm Leben. Wenn ein Kind geboren wird, bekommt es seine Kräfte von der Hexe Ariel, wie sie sich nennt.
Wenn jemand stirbt, kommt die Hexe des Todes, Muriel, und nimmt die Kräfte wieder. Kannst du soweit folgen?"
Ich nickte.
„Gut!"
„Aber was hat das mit Kalea zu tun?" wollte ich wissen.
„Muriel hatte es satt immer der Buhh-Mann zu sein, und gefürchtet zu werden, schließlich muss jemand sterben wenn sie auftauchte." erzählte er weiter.
„Sie beschloss ihre Schwester zu Töten. Doch da es ihr nicht möglich war es selbst zu tun, verführte sie Kalea dies zu tun. Es war das erste und einzigste Mal das Kalea überhaupt daran dachte jemanden zu Töten."
Ich starrte Daniel an, konnte nicht glauben was ich da hörte,
„hat sie es getan?" fragte ich ihn.
Daniel wich meinem Blick aus,
„was Muriel nicht bedacht hatte war, dass das Leben und der Tod sich im Gleichgewicht hielt. Ohne Ariel konnte Muriel nicht existieren."
Ich verstand nicht genau was er mir damit sagen wollte.
Daniel verdrehte die Augen,
„Ohne Leben gibt es keinen Tod," sagte er ernst.
„Ja soweit habe ich verstanden," gab ich zu verstehen,
„aber was hat das jetzt mit Kenzi zu tun?"
„Bevor sich Muriel ebenfalls auflöst und stirbt, transformierte sie sich in Kalea´s Körper. Um zu verhindern dass Muriel die Kontrolle über sie erhält, verbannte Kalea, Muriel ins Buch der Hexen und gab es Akamu zur Aufbewahrung."
„Und wie kam sie wieder heraus?" wollte ich wissen.

„Das ist sie nicht. Du hast sie doch gespürt als du das Buch in der Hand hieltest?"
„Ja! Aber ich dachte MJ ist die Hexe des Todes?"
Ich hielt mir den Kopf, hatte Kopfschmerzen.
„Nein, ich sagte doch in dem Punkt irrst du dich."
Daniel stand auf und schenkte sich ein Glas Wasser ein.
„Soll das etwa heißen Kenzi ist die Hexe des Todes?"
Ich stand ebenfalls auf, die Schmerzen wurden immer stärker.
„Ja! Da sie zuletzt in Kalea´s Körper steckte, hat sie auch ihre Erinnerungen, sodass sie dies nutzt um wieder aus dem Buch zu kommen. Das ist auch der Grund warum die Reinkarnation von Kalea in Kenzi nie komplett zustande kam. Kenzi besitzt die Erinnerungen und die Kräfte von Kalea, wird aber nie Vollständig Kalea sein."
Ich stand vor Daniel, hatte das Gefühl als würde mein Kopf explodieren. Ich hörte Muriel´s Rufe..
„Wie kann sie aus dem Buch heraus?" fragte ich mit leiser Stimme.
„Warum willst du das wissen?"
Daniel spürte das etwas nicht in Ordnung ist,
„Sie versucht dich in ihren Bann zu ziehen.. versuche dagegen anzukämpfen."
Ich schrie vor Schmerzen, alles drehte sich vor mir und ich sackte auf die Knie. Daniel versuchte mich zu stützen, als ich bewusstlos wurde.

Ich öffnete meine Augen. Kenzi saß neben mir und ich sah noch den Rest des Heilungslichtes. Ihre Augen waren verheult und sie zitterte am ganzen Körper. Ich musste husten und versuchte mich aufzusetzen. Völlig erschöpft und erleichtert lies sie sich neben mich fallen. Fragend sah ich Daniel an der auf einem Hocker saß und uns beobachtete.

„Sie versucht dich seit einer Stunde zu Heilen," erklärte er mir.
„Was ist passiert?" fragte ich verwirrt.
„Das wüsste ich auch gerne?" protestierte Kenzi,
„Daniel sagte ihr habt euch unterhalten als du plötzlich vor Schmerzen bewusstlos wurdest!"
Ich schaute zu Daniel,
„über was habt ihr euch unterhalten?" hakte sie nach.
„Ich sagte doch schon, über MJ und eurer Treffen bei deiner Mom.." kam von Daniel bevor ich antworten konnte.
An seinem Blick konnte ich vermuten, dass er nicht wollte das Kenzi über die Hexen bescheid weiß.
Kenzi strich mir über die Haare,
„hattest du eine Vision bevor du Ohnmächtig wurdest?"
Ich schaute ihr Tief in die Augen,
*Ich liebe dich Kenzi,
sie legte ihre Stirn auf meine,
*ich werde dich immer lieben.
Sie nickte und küsste mich.
„Ok das ist dann der Moment wo ich verschwinde,"
kam von Daniel und lies uns alleine.

In der darauf folgenden Nacht träumte ich von MJ.
Sie besuchte mich als alle anderen nicht da waren. Ich wollte sie nicht herein lassen, doch sie schaffte es trotzdem, versuchte mich zu verführen, obwohl ich mich im Geiste dagegen wehrte, lies es mein Körper zu. Sie schuckte mich auf das Bett und zog mein Shirt aus. Setzte sich auf mich und fing an meinen Hals zu küssen. Ich zog ihr die Bluse aus. Ich wusste es ist nicht Kenzi, fühlte mich aber zu ihr hingezogen und lies es geschehen. Am Höhepunkt angekommen, fing sie an zu lachen. Ihr Lachen hallte durch das ganze Haus, ich wachte schweißgebadet auf.. mein Medaillon leuchtete Orange.

Ich war alleine, Kenzi lag nicht neben mir.

Immer noch hallte MJ´s Lachen durch meinen Kopf.
Ich fand Kenzi unten im Wohnzimmer, sie schien vor dem Fernseher eingeschlafen zu sein. Ich deckte sie mit einer Decke zu und setzte mich neben sie, mein Medaillon hörte auf zu leuchten.
Ich muss ebenfalls eingeschlafen sein. Als ich wieder aufwachte, stand MJ vor mir und grinste mich an.
Erschrocken sprang ich auf,
„was machst du denn hier?"
„Kenzi hat mich zum Frühstück eingeladen. Hattest du süße Träume?"
Ich musste sofort an meinen Traum denken und ihr Lachen hallte wieder in meinem Kopf. Verlegen drehte ich mich weg.
Mhhm, Sexy.. hörte ich sie denken.
Eilig hastete ich die Treppen hinauf und klopfte an Daniel´s Tür,
„MJ ist hier.. Hier im Haus!" fing ich an sobald sich die Tür öffnete.
„Ich weiß, ich habe sie herein gelassen."
Überrascht schaute ich ihn an.
„Wieso??"
„Wieso nicht?" stellte Daniel als Gegenfrage.
„Ich traue ihr nicht!!"
„Wenn ich danach gehe, dann dürftest du auch nicht hier sein." scherzte er.
Du traust mir nicht??
„Es ist nur ein Frühstück, Lucas! Wir passen einfach auf sie auf." wich er meiner Frage aus.
Schweigend saß ich mit den anderen am Frühstückstisch und beobachtete Kenzi und MJ. Jedes mal wenn sie lachte, bekam

ich eine Gänsehaut.
„Ich muss mal auf die Toilette! Wo ist das Badezimmer?"
„Ich zeige es dir!" meinte ich bevor Kenzi etwas sagen konnte und lief Richtung Tür, MJ folgte mir.
Ich blieb vor dem Bad stehen und wartete bis sie fertig war.
Sie lächelte mich an als sie heraus kam,
Was ist Lucas? Traust du mir immer noch nicht? dachte sie und lief vor mir her.
Dir schon, nur der Hexe in dir nicht,
antwortete ich in meinen Gedanken, als MJ kurz stehen blieb, dann aber gleich weiter lief.
„Ich sollte jetzt gehen!" meinte sie als wir wieder in der Küche ankamen.
Ja solltest du!! dachte ich und MJ sah mich an, während Kenzi mir einen verachtenden Blick zu warf.

Wiedereinmal wollte Kenzi nicht mit mir reden.
„Ich weiß nicht was dein Problem ist? Sie könnte das Kind reines Blutes sein," sagte sie,
„schließlich wollte Kiana sie holen als wir im LUX waren."
„Da waren noch mehr Leute. Du kannst dir nicht sicher sein.."
„Ach? Aber du bist dir sicher dass sie etwas verbirgt?"
stritt sie mit mir.
„Ich werde erst mal nichts mehr mit dir reden, ich bin nämlich stinksauer gerade," fuhr sie fort, bevor ich etwas sagen konnte und lies mich stehen.
Ich legte mich nochmal etwas hin, da mir der Nacken weh tat, von meiner Nacht auf dem Sofa.
Kaum eingeschlafen hatte ich wieder einen Traum.
Ich stand in meinem alten Zimmer, zu Hause bei meiner Tante, ich war schon lange nicht mehr zu Hause, alles war mir so vertraut. Ich hörte ein Geräusch aus der Küche, dachte meine

Tante wäre unten und ging die Treppen herunter.
„Hallo Lucas! Hübsch hast du es hier!"
Ich erstarrte.. MJ stand vor mir.
Ich hab dir dein Lieblingsessen gekocht! dachte sie und stellte mir einen Teller Lasagne hin.
Setz dich, ist gerade fertig geworden.
Ich sah sie an als wüsste ich nicht was sie dachte..
„Hast du keinen Hunger?"
„Was willst du hier?" fragte ich als sie auf mich zu lief.
„Sag du es mir, ist dein Traum.."
sie sah mich an und lutschte sich etwas Soße vom Finger.
„Ich liebe Kenzi," verteidigte ich mich.
„Ja sicher. Und warum bin ich dann in deinem Traum und nicht sie?"
Ich musste an meinen ersten Traum denken und die Leidenschaft die ich dabei empfand.
MJ fing an zu grinsen.
Zeigst du mir dein Zimmer? dachte sie, nahm meine Hand und zog mich nach oben.
Wieder hallte ihr Lachen durch das Haus und weckte mich auf.
Wieder lag ich schweißgebadet auf dem Bett, wieder leuchtete mein Medaillon Orange, wieder war ich alleine.

„Du siehst ja furchtbar aus!" stellte Daniel fest.
Ich stand in der Küche am Spülbecken und lies mir ein Glas Wasser einlaufen.
„Ja, ich habe schlecht geschlafen," antwortete ich ihm.
*Oder schlecht geträumt,
dachte ich, wobei ich völlig vergaß dass es Daniel möglich ist meine Gedanken zu hören.
Er schaute mich fragend an.
*Frag lieber nicht..!

„Gut, dann zu einem anderen Thema," fuhr er fort,
„hast du Kopfschmerzen? Oder das Gefühl dass jemand
versucht deine Gedanken zu kontrollieren?"
Jetzt schaute ich ihn fragend an.
Daniel verdrehte die Augen,
„fällst du gleich wieder vor Schmerzen in Ohnmacht?"
Ich schaute ihn immer noch fragend an,
„worauf willst du hinaus?"
Er holte einen Zettel aus der Hosentasche und gab ihn mir.
„Was ist das?" fragte ich überrascht.
„Das ist der Zauberspruch den Kalea anwandte um Muriel
in das Buch zu verbannen," erklärte er mir,
„ich dachte du könntest ihn vielleicht irgendwann gebrauchen."
„Danke, aber noch ist sie im Buch gefangen."
„Noch...!"
„Willst du sagen sie wird bald heraus kommen können?"
Daniel nickte.
„Wie schafft sie es?"
„Du wirst sie heraus lassen!"
Entsetzt starrte ich ihn an.
„Ich habe es gesehen," flüsterte er mit gesenktem Kopf.
„Wieso gibst du mir dann diesen Verbannungszauber?
Wieso verbannst du sie nicht selbst wieder in das Buch?"
„Weil ich nicht mehr da sein werde, wenn es so weit ist."
Sofort musste ich an meine Vision auf der Veranda denken,
„Nein! Soweit wird es nicht kommen, Daniel!"
Er schaute mich mit einem Blick an den ich noch nie von
Daniel gesehen hatte, Traurig, Leer, Hoffnungslos..
Und zum ersten mal spürte ich seine Angst.

Ich wollte heraus finden was MJ vorhatte. Warum ist sie gerade
jetzt aufgetaucht? Warum verheimlicht sie uns das sie eine

Hexe ist? Doch dazu musste ich etwas tun, wovor ich mich insgeheimen etwas fürchtete, ich musste mit ihr alleine sein.
Heimlich nahm ich Kenzi's Handy, als sie unter der Dusche stand und wählte MJ's Nummer.
Mein Herz pochte als ich das Freizeichen hörte.
„Hallo Kenzi, was gibt's," meldete sie sich am Telefon.
„Ich bin es Lucas,"
„oh Hallo. Das ist ja eine Überraschung. Was verschafft mir diese Ehre?" wollte sie wissen.
„Wir müssen uns treffen,"
schweigen am Ende der Leitung.
„MJ? Hast du mich gehört?" fragte ich nach.
„Weiß Kenzi dass du mich treffen willst?"
„Zur Zeit redet sie kaum mit mir,"
„und du denkst ich sei der Grund?"
„Nein! Ich weiß es!"
„Und deshalb willst du dich mit mir treffen?"
Ich schwieg für einen Moment, fragte mich ob sie meine Gedanken durch das Telefon hören konnte,
„Ok. Treffen wir uns. Heute Mittag im Luigi's, 16 Uhr, sei pünktlich, ich esse nicht gerne alleine." meinte sie nach einer Weile und legte auf. Ich starrte das Telefon an, hatte das Gefühl die Sache war doch keine gute Idee, jetzt war es zu Spät.
Ich war mit MJ verabredet.

Es war nicht leicht unbemerkt das Haus zu verlassen, Daniel spürte sofort dass ich etwas zu verbergen hatte, lies mich aber trotzdem ohne Fragen zu stellen gehen. Um 16 Uhr stand ich vor Luigi's Tür, hatte keine Ahnung was ich überhaupt sagen sollte, war kurz davor wieder zu gehen, als MJ hinter mir stand.
„Hallo Lucas. Du wolltest doch nicht etwa wieder gehen?"
„Hallo MJ. Du bist zu Spät, ich wollte nicht alleine essen!"

Sie musste lachen,
„Touche," sagte sie und öffnete die Tür.
Sie führte mich an einen Tisch im hinteren Bereich,
„setz dich. Hier ist es etwas ruhiger, hier sind wir ungestört," grinste sie mich an. Ohne eine Miene zu verziehen setzte ich mich ihr gegenüber.
Der Kellner begrüßte uns und brachte die Speisekarte.
„Danke, aber ich brauche keine. Ich weiß schon was ich essen werde," verkündete sie.
Der Kellner nickte und legte nur mir eine Karte auf den Tisch. Ich schlug die Karte auf um zu sehen was angeboten wird,
„probiere die Lasagne! Die ist echt lecker.." meinte sie und sah mich provozierend an.
Skeptisch sah ich von der Karte auf.
„Ich hasse Lasagne!!" versuchte ich zu lügen.
HmmmmH, dachte sie und sah mich an.
„Worüber wolltest du mit mir reden?" fragte sie nachdem der Kellner unsere Bestellung auf genommen hatte.
„Über Kenzi," gab ich zur Antwort.
Ich hätte mir echt einen Plan zurecht legen sollen.
„Ok, dann lass uns über Kenzi sprechen."
„Eigentlich wollte ich.." stotterte ich verlegen,
„nicht über Kenzi sprechen?"
„Ja das dachte ich mir schon!" lachte MJ.
„Sei ehrlich! Warum traust du mir nicht?" wollte sie schließlich wissen.
Ich weiß du bist eine Hexe. Und ich weiß du hörst meine Gedanken. Und ich will wissen warum du uns es nicht sagst, dass du so bist wie wir?
Dachte ich und ich konnte spüren dass sie mich hörte.
„Ok, du willst mir nicht antworten, ich kann es eben nicht verstehen, warum?" meinte sie als ich nichts sagte und

studierte die Nachtischkarte.
Ich antworte dir doch, ich weiß du bist Ariel.
Sie blickte kurz auf, so als hätte sie damit nicht gerechnet.
„Willst du auch noch Nachtisch?" lenkte sie ab.
Der Kellner brachte unser Essen und wir aßen schweigend.
„Willst du jetzt noch mit mir reden?" fragte sie anschließend.
Ich würde gerne wissen was du vorhast, Ariel?
Sie starrte mich an.
Wenn du keine bösen Absichten hast, dann brauchst du doch nichts zu befürchten?
„Was fühlst du in meiner Gegenwart?" wollte sie wissen.
Verlegen schaute ich weg.
Ahh, verstehe.. dachte sie und grinste mich an.
„Also gut wie du willst, ich werde jetzt gehen! Grüße Kenzi von mir!"
MJ stand auf, bezahlte die Rechnung und drehte sich zu mir um,
Was sind denn deine Absichten, Lucas? Was dachtest du werde ich dir hier erzählen? hörte ich sie denken.
Alles über Ariel und Muriel!
„Wir werden nochmal mit einander reden, wenn deine Fragen sinnvoller gewählt sind." sagte sie und lief zur Tür.
„Beantworte mir nur eine Frage," rief ich ihr nach, und sie drehte sich nochmals um.
Kannst du meine Gedanken hören? Bist du Ariel?
Das sind zwei Fragen..
Entsetzt starrte ich sie an.
Sie lachte,
„Hübsches Medaillon, Keahi.." und verließ das Restaurant.
Instinktiv schaute ich auf mein Medaillon, es leuchtete Orange!

Kapitel 11
Tante Beatrice

Ich hatte also Recht, MJ hatte etwas zu verbergen. Wie sollte ich das Kenzi nur bei bringen. Auf dem nach Hause Weg kam ich noch an meiner alten Wohnung vorbei und ging hinein. Seit ich mit Kenzi bei Crowley eingezogen war, hatte ich meine Tante nicht mehr gesehen. Sie stand in der Küche und backte.
„Lucas!!" rief sie als sie mich bemerkte,
„was für eine Überraschung!" klopfte sich das Mehl aus der Schürze,
„ich freue mich über deinen Besuch," und umarmte mich.
„Hallo Tante B., ich freue mich auch das du zu Hause bist." antwortete ich ihr und drückte sie so fest ich konnte.
„Lucas-Schätzchen, was ist los? Hast du ärger mit deiner Freundin?"
Sie löste sich aus meiner Umarmung und schaute mich fragend an.
Ich fühlte mich wie damals als kleines Kind, als ich mich nicht traute, ihr zu erzählen dass ich etwas angestellt hatte.
Oh Lucas, so viel Kummer in deinem Herzen, hörte ich sie denken. Sie strich mir über die Wange,
„willst du ein paar Kekse?" fragte sie und lächelte mich an.
Ich lächelte zurück und nickte.
Ich liebte Tante B.´s Kekse, sie backte mir als Kind jedes Wochenende diese Kekse, seit ich nach dem Tod meiner Eltern bei ihr einzog. Tante B., Beatrice, war die Schwester meines Vaters und seit dem Unfall meiner Eltern als ich 5 Jahre war, mein gesetzlicher Vormund.
Nicht nur meine Eltern kamen bei dem Unfall uns Leben, sondern ich verlor auch meine Schwester Annabeth,

sie war schon 16 Jahre und saß auf dem Rücksitz als ein Betrunkener das Auto rammte und es die Klippen runter rollte. Ich lag zu der Zeit, nach einer Mandel-Op, noch im Krankenhaus. Machte mir monatelang Vorwürfe, denn sie waren auf dem nach Hause weg von der Klinik.

Tante B. saß mir gegenüber und beobachtete mich.
„Willst du mir erzählen was los ist?" fragte sie mich nach einer Weile und füllte mein Glas Milch nach.
Ja, aber ich kann nicht...
Ich schüttelte meinen Kopf.
„Kann ich heute Nacht hier bleiben?" fragte ich schließlich.
Sie schaute mich kritisch an,
„natürlich. Dein Zimmer ist immer noch so wie du es zurück gelassen hast."
„Danke Tante B."
Sie strich mir über die Haare,
„Ich bin mir sicher, ihr werdet euch wieder vertragen."
Ich nickte und ging in mein altes Zimmer.
Ich spürte das sie sich Sorgen machte, sie sagte aber nichts.
Ich legte mich auf mein Bett und atmete tief ein, als ich Kenzi´s Stimme in meinem Kopf hörte,
Lucas? Wo bist du? Bist du verletzt? Kannst du mich hören?
Ich setzte mich auf und konzentrierte mich auf ihre Anwesenheit, doch ich konnte sie nicht in meiner Nähe spüren.
Ich lies mich wieder zurück fallen, als ich sie erneut hörte,
Lucas? Wo bist du? Bist du verletzt? Kannst du mich hören?
Ich konzentrierte mich erneut auf Kenzi,
Ich bin bei meiner Tante zu Hause, mir geht es gut..
Dann schlief ich ein.
„Lucas??" hörte ich eine Stimme leise rufen.
Ich öffnete meine Augen, Kenzi stand neben dem Bett. Es war

bereits Dunkel draußen.
„Kenzi? Was machst du denn hier?"
Sie boxte mir in die Schulter,
„ich habe mir Sorgen um dich gemacht! Daniel sagte du brauchst mal Zeit für dich und bist spazieren gegangen, und dann kommst du nicht zurück?"
Sie fing an zu weinen,
„und dann sagte er, er spürt deine Furcht und dann gar nichts mehr,"
ich strich ihr über die Wange um ihre Tränen zu trocknen.
„Ich dachte du wärst Tod..!"
„Mir geht es gut Kenzi, ich wollte nur mal wieder zu Hause sein," beruhigte ich sie und nahm sie in den Arm.
Sie zitterte am ganzen Körper.
Ich habe deine Stimme gehört, sagte ich ihr,
Ich habe dich gerufen.
„Wie hast du das gemacht?" wollte ich wissen.
Sie sah mich an,
„ich weiß nicht genau.. Ich saß auf dem Bett und habe einfach drauf los gerufen, in Gedanken, bestimmt eine halbe Stunde und als ich schon aufgeben wollte, hörte ich plötzlich deine Stimme."
Ich nahm sie erneut in den Arm.
Tante B. saß in der Küche und legte sich die Karten, als wir hinunter gingen.
Was macht sie da? fragte Kenzi.
Tarotkarten legen.
„Und Tante B., was sprechen die Karten?" zog ich sie auf.
Sie hat schon immer Tarotkarten gelegt, als Kind habe ich sie immer damit aufgezogen, weil sie auf die Karten vertraute.
Sie schaute mich an und ich konnte ihre Furcht spüren.
Sie hatte schon immer gemischte Gefühle, wenn sie sich die

Karten legte, doch diesmal war es anders.

„Setzt euch bitte," meinte sie, mischte die Karten neu und legte sie nach dem keltischen Kreuz*

---

*Eines der ältesten und bekanntesten Legearten. Durch die hohe Anzahl an gelegten Karten und der umfangreichen Fragemöglichkeiten, soll sich diese sehr ausführliche Legeart für alle Fragen anbieten.

Das Keltische Kreuz

*Quelle: wikipedia.org/wiki/Tarot, Legesysteme

Die erste Karte die sie aufdeckte, war

Der Gehängte

„der Gehängte, der Verräter," sprach sie mir konzentrierter Stimme und deckte die zweite Karte auf,

Das Gericht

„das Gericht, symbolisiert Auferstehung, Neubeginn, das Hören auf innere und äußere Botschaften, Beginn einer neuen Phase oder eine Wiederkehr. Außerdem kann das Ende von Leidenszeiten bevorstehen."
Kenzi starrte gebannt auf die Karten, als Tante B. Nummer 3 aufdeckte,

Der Narr

„der Narr, die jugendliche Unwissenheit und Unbekümmertheit, das sorglose Ins-Leben-Hineintreten."
Ich spürte Kenzi's Nervosität als Karte 4 aufgedeckt wurde,

Die Liebenden

„die Liebenden, die Karte wird mit dem Tierkreiszeichen Zwillinge assoziiert, kann für eine Beziehung der Liebe oder der Familie stehen, kann aber auch mit der Karte *Die Zwillinge* in Verbindung gebracht werden."
Kenzi sah mich erschrocken an und Tante B. deckte Karte 5 auf,

Der Teufel

„der Teufel, symbolisiert die Gewissensprüfung."

„Was für eine Gewissensprüfung?" stellte Kenzi als Zwischenfrage,

„Pssst," gab Tante B. zur Antwort und deckte Nummer 6 auf,

Die Herrscherin

„die Herrscherin, steht für den Hedonismus, Freude, Vergnügen, Lust, sinnliche Begierde."

Immer noch gebannt starrte Kenzi auf die Karten und nahm meine Hand. Karte 7,

Die Kraft

„die Kraft, Sie bedeutet Kraft, Stärke, Mut."

Tante B. deckte Karte 8 auf,

Das Rad des Schicksals

„Das Rad des Schicksals, symbolisiert das Eingebunden sein in das Wirken des Lebens, zeigt uns, dass keine Situation ewig herrscht."

Kenzi drückte meine Hand, und Karte 9 zeigte,

Die Welt

„Die Welt steht für Erfolg und das Erreichen des, oder eines Ziels."

Tante B. schaute die 10 und letzte Karte an und stockte kurz bevor sie, sie legte,

Der Tod

„der Tod, bedeutet einen abrupten Wandel, ein freiwilliges oder unfreiwilliges Ende."

*Quelle: wikipedia.org/wiki/Tarot#Die_Tarotkarten

Kenzi quetschte meine Hand so sehr, dass ich kurz leise aufschrie. Tante B. schaute von den Karten auf,
„egal wann ich die Karten lege, jedes mal erhalte ich die gleichen Antworten, Lucas!"
Ich schaute sie an,
„Wie meinst du das?"
„Seit du zu Kenzi und Daniel gezogen bist, lege ich dir die Karten. Und jedes mal erhalte ich dieses Ergebnis," erklärte sie besorgt.
Weiß sie über uns bescheid?
wollte Kenzi wissen, ich schüttelte den Kopf.
„Ich weiß, Lucas, du hast noch nie viel von meinen Karten gehalten, aber es ist mir ernst."
Sie sah uns ängstlich an,
„passt auf euch auf," bat sie uns und ich nickte.
Sie strich mir über die Haare,
in was bist du da nur hinein geraten, mein Äffchen?
dachte sie dabei und ich musste leicht lächeln, sie hat mich schon lange nicht mehr *Äffchen* genannt.
Kenzi beschloss die Nacht ebenfalls bei Tante B. zu bleiben.
„Weißt du das die Karten alles gesagt haben was bereits geschehen ist?" fragte sie mich als wir wieder oben waren.
„Ja!"
„Und wenn sie Recht haben dann.." ich küsste sie bevor sie weiter sprechen konnte.
„Werden wir sterben!!" sagte sie als ich wieder aufhörte.
Sie fing wieder an zu weinen,
„du wirst sterben!"
„Ich werde nicht sterben, Kenzi," versuchte ich sie zu beruhigen.
„Beatrice sagte, sie hat die Karten für dich gelegt, mehrmals."
„Ja, aber ich werde nicht sterben."

Ich versuchte nicht an Daniel und die Vision zu denken.
Wenn die Karten Recht behalten, dann werde nicht ich sterben, sondern Daniel.

In der Nacht hatte ich wieder einen dieser Träume,
ich stand in einem Vorgarten eines mir unbekannten Hauses
und starrte durch das offene Fenster.
Ich spürte MJ´s Anwesenheit. Sie trat ans Fenster und schaute mich an, mein Herz pochte, ich spürte ihre Lust.
Ohne Worte kletterte ich durch das Fenster und küsste sie,
die Leidenschaft die ich dabei empfand, war heftiger als zuvor.
Doch diesmal lachte sie nicht, nach dem Höhepunkt, diesmal fing sie an zu leuchten, sie leuchtete so Hell dass es mir in den Augen weh tat, sie leuchtete Orange..
Ich riss meine Augen weit auf, und setzte mich.
Mein Medaillon erhellte das Zimmer in einem hellen Orange.
Kenzi lag nicht neben mir...

Ich hörte sie unten in der Küche. Sie saß mit Tante B. am Tisch und trank Tee.
„Und die Karten sagen dir immer die Wahrheit?" fragte sie.
„Zum großen Teil. Sie haben mich noch nie im Stich gelassen. Nicht immer trifft es haargenau so ein wie ich es gelegt habe, aber immer ähnlich," antwortete Tante B.
„Kannst du mir auch mal die Karten legen?"
Ich stand oben an der Treppe und belauschte die beiden.
„Mische die Karten, ich werde sie dir nach dem Kreuz* legen."
hörte ich Tante B. sagen.

---

*Das Kreuz gibt eher eine prägnante Interpretation wieder, die häufig in die richtige Richtung weist.

DAS KREUZ

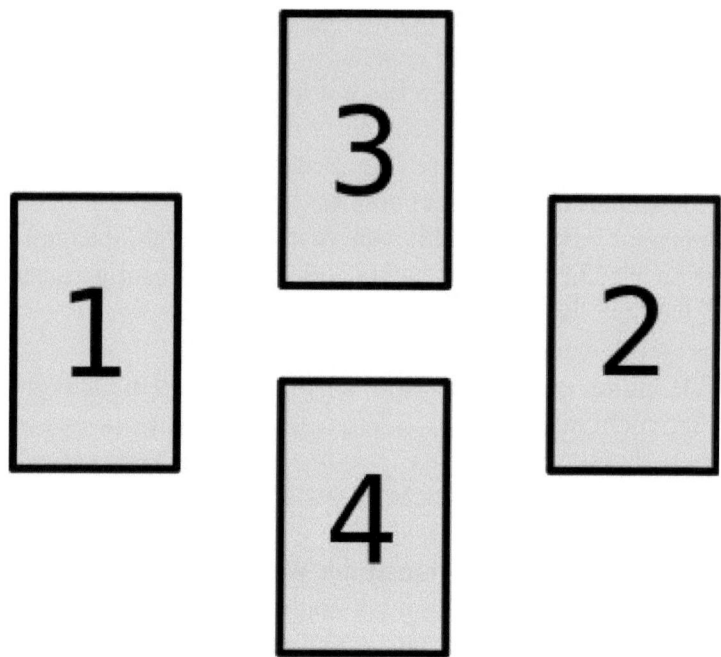

*Quelle: .wikipedia.org/wiki/Tarot

Ich konnte Kenzi´s Angst spüren, während sie die Karten mischte,

Der Turm

„Der Turm, symbolisiert das Gefängnis der Gedankenkonstrukte. Die beiden Menschen, die vom Turm fallen, symbolisieren zwei unterschiedliche Menschen." erklärte Tante B. die Karte.

Die Liebenden

„Die Karte repräsentiert Beziehungen und Optionen. In deinem Fall bedeutet es die Möglichkeit zur Entscheidung zwischen zwei Optionen oder Dingen."

Der Magier

„Der Magier symbolisiert Selbstvertrauen, Willen, zeigt einen Menschen, der sich seines Könnens absolut bewusst ist und deswegen gelegentlich zu ein wenig Überheblichkeit tendiert."

Die Welt

„Die Welt steht für Erfolg und das Erreichen des Ziels."

„Und was genau hat das jetzt zu bedeuten?" fragte sie anschließend.
„Das kannst nur du heraus finden. Das ist dass was die Karten in dir sehen."

Ich trat die Treppen herunter, und sah das Kenzi über die aufgedeckten Karten streichelte.
Ich stellte mich neben sie an den Tisch und schaute sie an.

Sie fing an zu weinen,
„du wirst sterben, Lucas! In meinen Karten kommt kein Tod. Ich erreiche mein Ziel, Lucas!"
Tante B. schaute mich ratlos an und brachte Kenzi Taschentücher.
*Ich werde nicht sterben, Kenzi..
Sie schluchzte so laut das ich selbst ihre Gedanken nicht verstand.
Ich brachte sie wieder nach oben ins Bett und sie schlief sofort ein.
Tante B. saß immer noch vor den Karten als ich wieder hinunter ging.
„Hast du mir etwas zu beichten, Äffchen?"
Ihre Standardfrage an mich, wenn sie genau wusste, dass ich etwas ausgefressen hatte.
„Ich weiß nicht was du meinst, Tantchen?"
Meine Standardantwort wenn ich ihr nicht sagen wollte, was ich angestellt hatte.
Sie schaute mich mit dem selben Blick an, wie damals als sie mir nicht glaubte.
Und wie damals verspürte ich den Drang ihr die Wahrheit zu erzählen.
„Wieso glaubt deine Freundin du wirst sterben?" fragte sie schließlich.
„Weil die Karten es gesagt haben?"
„Weil die Karten es gesagt haben?" stellte sie als Gegenfrage.
„Ja!" tat ich, als wüsste ich sonst keinen Grund.
„Lucas, ich weiß wann du mich anlügst, und jetzt lügst du mich gerade an,"
*Tut mir leid, Tante B. dachte ich,
„ich verstehe nur nicht warum?"
Ich spürte ihre Angst um mich, und ihr Misstrauen Kenzi

gegenüber.
„Du würdest mir nicht glauben?" versuchte ich mich zu rechtfertigen.
„Wenn du es nicht versuchst, woher willst du wissen das ich es nicht tue?"
Ich wich ihren Blick aus und spielte nervös mit dem Teelöffel auf dem Tisch.
Ich überlegte wie ich es ihr sagen sollte,
„ok," beschloss ich,
„ich werde dir erzählen was los ist."
Tante B. nickte und schaute mich ganz gespannt an.
Ich fing an mit der Nacht als Kiana mich fast Tötete und Renesmee mich in letzter Sekunde rettete, erzählte ihr das meine angeborene Emphati etwas mit meiner Blutlinie zu tun hatte, erzählte ihr von Daniel und dem Verrat, von Nakoa, Keahi, Kalea, von MJ und meinen Träumen, meinen Visionen und alles andere.
Ohne auch nur ein Wort dazwischen zu reden, hörte sie mir zu.
„Ich denke das war es erst mal," beendete ich das Gespräch.
Immer noch sah sie mich an und sagte kein Wort.
In ihren Gedanken wiederholte sie meine Worte.
Ich spürte ihre Verwirrung, sie überlegte ob sie mir glauben sollte.
„Ich wusste du glaubst mir nicht."
Ohne ein Wort stand sie auf und holte sich ein Glas Wasser.
Wo sind denn bloß die Kopfschmerztabletten? dachte sie.
„In der zweiten Schublade von Rechts," antwortete ich ihr.
Sie öffnete die Schublade, nahm die Tabletten heraus und schaute mich an.
Und wie funktioniert die Telekinese? dachte sie erneut.
Ich lies ihre Teetasse über den Tisch laufen, vor Schreck fiel ihr das Glas Wasser aus der Hand.

Sie nahm eine Tablette und schluckte sie ohne Wasser hinunter.
„Ich werde jetzt erst mal schlafen gehen, wir reden morgen weiter," sagte sie und lief ohne eines weiteren Blickes an mir vorbei.
Ich wachte durch gepolter aus der Küche auf. Kenzi schlief noch neben mir.
Tante B. stand in der Küche und machte Frühstück.
„Guten Morgen Tante B."
Ich holte mir einen Kaffee,
„sprichst du jetzt nicht mehr mit mir?"
Ohne mich anzusehen, schnitt sie weiter das Obst klein.
In ihren Gedanken zählte sie rückwärts.
Kenzi kam dazu,
„Guten Morgen."
„Morgen," antwortete ich ihr und gab ihr einen Kuss.
Tante B. sah kurz auf, ich fühlte ihre gemischten Gefühle Kenzi gegenüber.
Als wir sie ansahen, schnitt sie weiter und zählte von vorne.
Wieso zählt deine Tante rückwärts? wollte Kenzi wissen.
Damit ich ihre Gedanken nicht lesen kann.
Bitte? Wie meinst du das?
Ich habe ihr gestern alles erzählt.
Alles?
Ja, alles!
Kenzi sah mich entsetzt an,
Wieso?
Weil du einen Nervenzusammenbruch hattest, und geheult hast ich muss sterben, wegen ein paar Tarotkarten!!
Oh ja, ich erinnere mich.
„Aua" rief Tante B. und hielt sich den Finger unters Wasser.
„Verdammt, das ist Tief, ich denke das muss genäht werden?" meinte sie als ich nach schaute.

„Kenzi? Würdest du vielleicht?" bat ich sie.
„Ja natürlich."
„Würdest du was?" fragte Tante B.
Ich nahm ihre Hand und streckte sie Kenzi hin.
Tante B. zuckte kurz zurück als Kenzi ihre Hände auf die Wunde legte, lies sie aber dennoch machen.
Sie schloss die Augen als das blaue Licht heraus strömte.
„Du kannst die Augen wieder öffnen Tante B."
Sie öffnete ihre Augen und starrte die nicht mehr vorhandene Wunde an.
„Wollt ihr Frühstück?" fragte sie schließlich und trug die Schüssel Obst zum Tisch.
Schweigend und in Gedanken rückwärts zählend aß sie ihr Frühstück. Sie verzählte sich mehrmals und musste wieder von vorne anfangen. Ich musste lachen.
„Warum lachst du?" fragte sie mich.
„Hör auf zu zählen Tante B., wir versprechen dir deine Gedanken nicht zu lesen wenn du das nicht willst."
Ihr Blick ging zu Kenzi, die ebenfalls lächelte.
„Ok," antwortete sie,
„gibst du mir mal die Butter?"
Mit meiner Telekinese schob ich ihr die Butter in ihre Richtung.
Tante B. warf mir einen bösen Blick zu, ich musste erneut lachen.

Kenzi stand unter der Dusche und Tante B. saß wieder über ihren Tarotkarten.
„Weißt du dass ich das Tarotkarten legen, von deiner Mutter lernte?" sagte sie als ich mich zu ihr setzte.
„Nein, dass wusste ich nicht."
Tante B. nickte,

„Sie wusste immer genau was zu tun ist, was das richtige ist, und manchmal hatte ich das Gefühl, sie wüsste schon vorher was geschehen wird."
Sie sah mich an,
„oder was ich dachte, bevor ich es sagte."
ich sah sie fragend an,
„worauf willst du hinaus?"
„Ach auf gar nichts, ich muss das alles erst mal verarbeiten, Lucas!"
Sie stand auf, küsste mich auf die Stirn, strich mir über die Haare und ging nach oben.
Ich saß immer noch am Küchentisch und dachte über Tante B.´s Worte nach, als Kenzi sich zu mir setzte.
„Besteht die Möglichkeit, dass deine Mutter ebenfalls angeborene Fähigkeiten hatte so wie Du und Daniel?" fragte sie mich als ich sie anschaute.
„Tante B. hat so etwas erwähnt, ich bin mir aber nicht ganz sicher."
Kenzi nickte,
„wir sollten wieder zu Daniel und Akamu gehen."
Gerade als ich mich von Tante B. verabschieden wollte, leuchtete mein Medaillon auf und mein Kopf fing an zu schmerzen als wolle er explodieren.
„Kenzi tu doch was!" hörte ich Tante B. um Hilfe schreien.
Dann wurde alles schwarz..

Als ich wieder zu mir kam, lag ich auf dem Sofa und Daniel schaute mich an,
„na Dornröschen, hatten wir schöne Träume?"
„Was machst du denn hier?" wollte ich wissen und setzte mich auf.
„Deine Tante rief mich an. Sie sagte es ginge um Leben und

Tod."
„Wie lange war ich diesmal weg getreten?" fragte ich ihn und rieb mir den Kopf.
„Etwa eine halbe Stunde. Hast du sie wieder gehört?"
Ich nickte,
„Was soll das heißen wieder gehört? Hat das etwas mit dieser Sache zu tun?" wollte Tante B. wissen.
Sie saß völlig aufgelöst auf dem Sessel und umarmte ein Kissen.
Deine Tante erzählte mir dass du ihr alles erzählt hast..
Wo ist Kenzi??
Daniel wich meinem Blick aus.
„Wo ist Kenzi?" fragte ich erneut, diesmal mit Worten.
„Das Licht! Das Licht hat sie mitgenommen.."
sprach Tante B. den Tränen nahe.
Das Licht??
Entsetzt schaute ich Daniel an,
Ich schätze sie meint Kiana!
Tante B. zitterte am ganzen Körper,
„was genau ist passiert Tante B.?"
„Deine Kette fing an zu leuchten und Kenzi wurde ganz nervös, als du dir plötzlich den Kopf hieltest und vor Schmerzen schriest, dann bist du Ohnmächtig geworden und Kenzi befahl mir deine Kette umzuhängen,"
sie hatte immer noch mein Medaillon um den Hals.
„Sofort war eine Art Schutzschild um mich, als ein Helles Licht im Raum erschien und Kenzi mir zurief, ich solle Daniel anrufen wenn alles wieder ruhig ist,"
ihre Stimme war zittrig,
„dann schrie sie auf und schoss Blitze aus ihren Händen. Ich setzte mich neben dich und das Schutzschild schloss dich mit ein."

Tante B. stand auf und lief auf mich zu,
„das Licht schoss auch Blitze und Kenzi wurde getroffen.
Sie fiel zu Boden, ich schloss meine Augen und als ich sie wieder öffnete, war das Licht weg, samt Kenzi. Und das Schutzschild ebenfalls," flüsterte sie mir zu.
„Wir müssen sie finden bevor Kiana sie Tötet," meine Worte waren an Daniel gerichtet.
„Und wie wollt ihr das anstellen?" Tante B. zitterte immer noch.
„Wir benutzen den Aufspürungszauber, sie erzählte mir davon. Er steht in Kalea's Buch," erklärte ich den Beiden.
„Und wenn sie schon Tod ist?"
„Nein ich spüre sie noch."
Daniel nickte, er spürte sie ebenfalls noch.
„Ok, aber lasst mich nicht alleine hier, ich komme mit euch mit."

Akamu begrüßte Tante B. mit gemischten Gefühlen, auch ihre Gefühle Akamu gegenüber waren eher Verwirrend und schlecht einzuschätzen.
„Ich brauche ein Tropfen Blut und ihre Haare," sprach ich als ich mit dem Buch und Kenzi's Haarbürste in der Hand, zu den anderen ins Wohnzimmer trat.
„Die Haare hätte ich, und woher bekommen wir jetzt ihr Blut?"
„Ihr Blut? Soll das ein Witz sein?" schrie Daniel erzürnt.
„Nein. Und schrei mich nicht so an."
Wütend schmiss ich die Bürste nach ihm und traf Tante B. am Kopf.
„Entschuldige bitte.."
Tante B. nahm mir das Buch aus der Hand und legte es zur Seite.
„Wir brauchen einen persönlichen Gegenstand der vermissten

Person, eine Landkarte und ein Pendel," sprach sie und sah mich fragend an.
„Na los worauf wartet ihr?"
Daniel brachte uns eine Landkarte und Akamu holte das Pendel. Tante B. breitete die Karte auf dem Tisch aus, „ein persönlicher Gegenstand," sagte sie ohne mich anzusehen. Ich gab ihr ein Haargummi, dass um die Bürste gewickelt war und Tante B. steckte es an das Pendel und lies es auf der Karte kreisen.
„Und das funktioniert?" wollte Daniel wissen.
„Natürlich, so habe ich Lucas immer finden können wenn er nicht nach Hause kam," erklärte sie.
„Das erklärt so einiges! Ich hatte mich immer gewundert wie du mich finden konntest," gab ich verblüfft von mir.
Das Pendel kreiste in langsamen großen Kreisen über die Karte, plötzlich wurden die Kreise kleiner, das Pendel schneller und stoppte schließlich. Gespannt starrten wir auf den Punkt der Karte wo der Pendel stoppte.
„Sie ist in der Arlington Road. Irgendwo in diesem Radius," meinte Tante B. und malte einen Kreis auf die Karte, „könnt ihr sie so finden?"
„Ja, das müsste reichen! Wir können sie so erfühlen, vielen Dank Mrs. B." sagte Daniel und sprang Richtung Tür.
Akamu betrachtete Tante B. mit einem seltsamen Blick.
„Wo haben sie das erlernt, Beatrice?" fragte er sie argwöhnisch.
„Lucas´ Mom brachte es mir bei als wir Kinder waren, sie konnte auch aus deiner Hand lesen," erklärte sie ihm, „ich dachte immer das Hand lesen, wäre ein Trick, aber nach all dem was Lucas mir erzählt hat, bin ich mir sicher, sie hatte auch gewisse Fähigkeiten."
Ich sah sie ungläubig an,

„Warum hast du mir nie etwas davon erzählt?"
„Das könnt ihr später klären, jetzt müssen wir erst Kenzi finden," unterbrach uns Daniel.
Ich nickte und folgte ihm zur Tür.
„Lucas warte," rief mir Tante B. nach,
„das brauchst du vielleicht wieder."
Sie legte mir das Medaillon wieder um den Hals und wir machten uns auf den Weg Kenzi zu suchen.

Kenzi kannst du mich hören?
Ich stand vor jedem Haus der Arlington Road und versuchte sie zu rufen.
Ich spürte sie, schwach, aber in der Nähe.
Kenzi, kannst du mich hören?
„Das kannst du dir sparen! Ich denke nicht dass sie dir antworten wird," meinte Daniel als wir vor dem 10ten Haus ankamen.
„Woher willst du denn das wissen?"
„Ich spüre sie nur schwach, das heißt entweder sie ist zu weit weg oder bewusstlos," begründete er mir.
Ich setzte mich im Schneidersitz auf den Gehweg und schloss meine Augen.
„Was zum Teufel soll dass denn jetzt wieder?" fragte Daniel genervt.
Kenzi hörst du mich? Sag mir wo du bist?
konzentrierte ich mich auf sie.
Kenzi wo bist du? Bist du verletzt?
„Du bist jetzt wohl total übergeschnappt?"
Daniel schaute mich an, als wolle er mich gleich einweisen lassen.
„Nein! Aber sie kann mich hören, wenn sie noch lebt, dann kann sie uns hören! Also setz dich und lass mich machen,"

befahl ich ihm.
Völlig genervt setzte er sich, ebenfalls im Schneidersitz.
„Konzentriere dich auf Kenzi und versuche es,"
verlangte ich von ihm.
Daniel schloss die Augen.
Kenzi.., Kenzi.., Kenzi...
Es mag eigenartig ausgesehen haben wie wir beide mitten auf dem Gehweg saßen, denn eine ältere Dame und ihr Hund kamen auf uns zu,
„geht es euch nicht gut? Was macht ihr denn da?"
fragte sie neugierig.
„Wir suchen meine Freundin!" gab ich zur Antwort.
„Während ihr auf der Straße sitzt?"
„Ja"
„Aber so werdet ihr sie nicht finden!"
„Das sagte ich ihm auch schon," protestierte Daniel.
Ich sah beide böse an und setzte mich an eine Stelle, wo ich nicht direkt im Weg saß und Kenzi in Ruhe rufen konnte.
Die ältere Dame lief überrascht weiter und Daniel setzte sich wieder neben mich.
„Schon Glück gehabt?" spottete er.
Kenzi, hörst du mich?
ignorierte ich ihn.
Nach etwa einer Stunde gab ich völlig erschöpft auf.
Daniel sah mich an als wolle er mich gleich auslachen, sagte aber nichts.
Ich lies mich nach hinten fallen und lehnte mich an die Hauswand.
Kenzi bitte, ich liebe dich, ich brauche dich
versuchte ich es ein letztes mal.
Ich konnte sehen wie Daniel seine Augen verdrehte.

Ich liebe dich auch
hörte ich sie plötzlich sagen. Hoffnungsvoll sah ich zu Daniel, der mich anlachte.
„Ich habe sie auch gehört."
Wo bist du, Kenzi?
wollte ich wissen.
Das werde ich dir nicht sagen.
Warum nicht?
Weil ich genau das in einer Vision gesehen habe.
Ich will dich da raus holen.
Nein Lucas, ich sah dich Tod neben mir liegen und dass kann ich nicht zulassen.
Kenzi, ich rufe dich seit einer Stunde!
Ich weiß.
Kenzi sag mir wo du bist?
Nein, die Karten sollen nicht Recht bekommen.
Ich stand auf und wurde wütend,
Kenzi, nicht ich bin mit dem Tod gemeint, verdammt Kenzi..
Es waren deine Karten!
Es waren unsere Karten, die Karten zeigten unsere Zukunft.
Ich werde nicht sterben.
Doch das wirst du, die Karten haben es vorher gesagt.
Nein! Nicht ich werde sterben, sondern Daniel!!
schrie ich in Gedanken,
Jetzt sag mir bitte wo genau du dich befindest.
Kenzi?? Kenzi??
Nervös schaute ich Daniel an, ich spürte sie nicht mehr..
An seinem entsetzten Gesichtsausdruck konnte ich erkennen, dass es ihm genau so erging.
Geschockt lies ich mich auf die Knie fallen und schrie so Laut ich konnte.

Kapitel 12
Das Ende ist Nahe

„Du musst etwas essen, Lucas-Schätzchen."
„Ich habe keinen Hunger."
Tante B. brachte mir seit drei Tagen etwas zu Essen auf das Zimmer, seit drei Tagen hatte ich keinen Hunger, seit drei Tagen spürte ich Kenzi nicht mehr.
Seit drei Tagen schloss ich mich in meinem Zimmer ein.
Seit drei Tagen rief ich sie, doch sie antwortete mir nicht.
Ich war wieder bei Tante B. eingezogen, konnte Daniel´s Blicke nicht mehr ertragen, er machte mir Vorwürfe.
„Hättest du nicht über eine Stunde auf der Straße gesessen, und nichts gemacht, hätten wir sie retten können."
Ich machte mir selbst Vorwürfe, konnte aber trotzdem nicht glauben dass sie Tod sein soll. Das war nicht Teil des Großen und Ganzen, kein Teil der Prophezeiung, in keiner Vision starb sie.
Lucas? Hörst du mich? Komme schnell zu Akamu!
Daniel´s Stimme ertönte in meinem Kopf, ich wollte sie ignorieren, doch er ließ mich nicht.
Lucas! Ich weiß du hörst mich! Es geht um Kenzi!
Mit gemischten Gefühlen machte ich mich auf den Weg zu Akamu.
„Was ist?" schnauzte ich Daniel an als er mir die Tür öffnete.
„Schau es dir selbst an."
Ich folgte ihm ins Wohnzimmer.
MJ lag auf dem Sofa, fiebrig, mit Schüttelfrost und leuchtend Orange.
„Was ist passiert?" fragte ich, als ich sie so liegen sah.
„Sie kam und fragte nach Kenzi. Sagte sie müsse sie dringend

sprechen, dann fiel sie um und fing an zu leuchten."
Ich knie mich neben MJ und berührte ihre Stirn.
Sie lächelte mich an und nahm meine Hand.
„Hallo Keahi."
„Hallo Ariel!"
„Bitte ich brauche Muriel. Du musst sie frei lassen."
„Nein!"
„Ich werde sterben ohne Muriel. Dieser Körper wird sterben."
Ich schaute MJ traurig an,
„Muriel´s Körper ist Tod. Kenzi ist..."
Ich stockte, konnte es nicht aussprechen.
MJ schüttelte den Kopf,
„nein, dann wäre ich auch schon Tod. Ich spüre sie!"
Überrascht schaute ich zu Daniel und Akamu.
Daniel schien genau so überrascht zu sein wie ich.
„Die Hexen sind mit einander verbunden. Die eine spürt den Schmerz der anderen. Und seit Muriel dafür sorgte, dass Ariel stirbt, wissen wir dass keine ohne die andere existieren kann," erklärte uns Akamu.
„Was heißt das jetzt im Klartext?" fragte ich genervt.
„Mir geht es nicht so schlecht weil Kenzi Tod ist, sondern weil Muriel immer noch nicht frei ist und ich schon so lange alleine hier bin."
Ich schaute zu MJ,
„wieso gerade jetzt? Wieso willst du gerade jetzt dass sie frei kommt?"
„Weil ich sterben werde Keahi," schrie sie mich an.
„Hilf mir Kenzi zu finden und dann werde ich dir Helfen," gab ich kühl zur Antwort.
MJ nickte und legte sich wieder hin.
Ohne weitere Emotionen ging ich die Treppen rauf in unser altes Zimmer. Daniel folgte mir.

„Willst du das wirklich tun?"
Mit dem Rücken zu Daniel gerichtet, blieb ich an der Tür stehen.
„Sag du es mir. Du hast es doch gesehen. Du hast doch gesehen, dass ich sie frei lassen werde."
Ich drehte mich zu ihm um,
„ich hatte mich immer gefragt warum ich das tun sollte, jetzt weiß ich es."
Ich öffnete die Tür und ging hinein, hielt aber Daniel zurück, „sollte MJ recht haben und Kenzi lebt noch, dann JA!"
und schloss die Tür.
Ich stand wie angewurzelt da. Es war als wäre Kenzi noch hier. Ihr Parfum lag noch in der Luft und ich konnte ihr Lachen hören.
Ich lies mich vor dem Bett auf die Knie fallen und legte meinen Kopf auf ihre Bettdecke.
Kenzi mein Engel, du kannst nicht Tod sein?!
Mein Medaillon fing an Orange zu leuchten und ich hörte wieder Muriel´s Stimme.
Wütend schmiss ich das Medaillon in die Ecke,
„hör auf zu leuchten! Ich weiß das eine Hexe im Haus ist."
ich schaute an die Decke,
„und du hör auf mich zu rufen Muriel," schrie ich,
„ich lasse dich frei! Aber nicht jetzt."
Ich boxte mit meiner Faust gegen meine Stirn.
Wehrte mich gegen ihre Rufe. Dann wurde es Still.
Als ich aufblickte, stand Akamu vor mir und streckte mir das Medaillon hin.
„Sei vorsichtig damit, es darf nicht zerbrechen."
Ich hing es mir wieder um den Hals.
„Komm," sprach Akamu weiter,
„wir müssen Kalea suchen, Ariel will uns dabei helfen."

Sie heißt Kenzi!!
dachte ich, stand auf, warf Akamu einen bösen Blick zu und lief an ihm vorbei.
MJ hörte auf zu leuchten als ich unten an kam.
„Weißt du wo Kenzi ist?" fragte ich sie.
„Wenn ich wüsste wo sie ist, dann wäre ich wohl kaum hier."
Ich beugte mich zu ihr herunter und sah ihr tief in die Augen,
„und wie sollen wir sie dann finden?"
sie beugte sich noch näher zu mir,
„sie wird Kenzi finden," flüsterte sie mir zu und nahm mein Medaillon in die Hand.
Wieder hörte ich Muriel's Rufe.
„Du hast keine Ahnung Keahi? Habe ich Recht? Du kannst dich nicht erinnern?"
Ich schüttelte meinen Kopf.
„Das dachte ich mir, du hast nie auf meine Zeichen reagiert."
„Welche Zeichen?" fragte ich neugierig.
MJ legte ihre Hände auf mein Gesicht und sofort verspürte ich wieder diese Lust. Die selbe Lust die ich immer in meinen Träumen verspürte. Ich sah die Liebe zwischen Ariel und Keahi, lange bevor er auf Kalea traf.
„Wir haben uns geliebt?!" fragte ich MJ.
„Ich schickte mich in deine Träume, dachte dann würdest du dich an alles erinnern," sagte sie,
„doch du hast nicht reagiert."
„Die Träume waren echt?" wollte ich wissen.
MJ nickte.
Ich stand auf und atmete Tief ein. Drehte mich wieder zu ihr um, war wütend.
„Du hast versucht mich zu manipulieren?" schrie ich sie an.
„Dachtest du ich werde mich dann auf dich einlassen?"
„Nein! Ich dachte du erinnerst dich an unsere Liebe, unsere

Leidenschaft, und an die Wut die du empfandest als Kalea mich tötete."
Ich musste lachen.
„Warum kamst du dann nicht in meine Träume und hast mir davon erzählt? Warum musstest du mich jedes mal verführen?"
Daniel streckte seine Hand und schnippte mit den Fingern, „ÄHM..."
„Was?" schnauzte ich ohne ihn anzusehen.
„Was waren das genau für Träume?"
Ich sah ihn genervt an,
„ja ja, schon verstanden."
„Ich habe nie aufgehört dich zu lieben, Keahi," fuhr MJ fort.
Sie konnte mir nicht in die Augen schauen,
„du gingst zu Kalea, weil Hekate dich gezwungen hatte, kamst zu mir und sagtest du hättest dich in sie verliebt.
Ich wollte dir nicht glauben. War überzeugt Kalea hätte dich verhext."
Ich sah sie skeptisch an,
Hatte sie es getan?
Wieder wich sie meinem Blick aus.
„Du hast mir nie geglaubt, behauptest es wäre die Eifersucht die aus mir spricht und mich fort gejagt."
„Warum wolltest du mich manipulieren?"
Ich war immer noch wütend auf sie.
„Das wollte ich nicht, ich dachte dann erinnerst du dich an mich."
Meine Kopfschmerzen kamen zurück, und das Medaillon leuchtete wieder Orange.
  mox factum cor meum soror mea*
sprach Ariel und das Medaillon erlosch.

*Bald mein Schwesterherz

Ich nahm es in die Hand und starrte es an als hätte ich es zum ersten Mal gesehen.
Wieder hörte ich Muriel's Stimme.
„Wie kann sie Kenzi finden?" fragte ich als mir Klar wurde, dass Muriel im Medaillon gefangen war.
„Muriel wird ihre Energie spüren und dich leiten, wenn wir sie gefunden haben, musst du sie frei lassen."
erklärte MJ.
Ich starrte immer noch auf das Medaillon.
„Keahi? Du musst sie dann frei lassen! Keahi?"
ich schaute auf,
„du lässt sie doch frei?" MJ bettelte förmlich.
„Was ist mit Kiana? Wer ist Kiana?" wollte ich wissen.
„Wie können wir sie aufhalten?"
Daniel saß auf dem Sessel und beobachtete gespannt unsere Unterhaltung.
„Sadie!" sagte MJ nach kurzem zögern.
„Sadie ist Kiana?" rief Daniel entsetzt.
„Nein! Aber sie ist das Kind reines Blutes."
Wir schauten sie alle überrascht an, jetzt wurde auch Daniel wütend.
„Du wusstest das sie das Kind reines Blutes ist und hast es uns verschwiegen?"
„Ja!"
„Warum zum Teufel?" schrie er sie an.
„Weil sie es nicht weiß. Sie hat keine Ahnung von all dem."
„Und wenn Kiana sie tötet bevor wir es ihr sagen können?"
er schrie immer noch. MJ schüttelte den Kopf,
„sie trägt eine Kette, die ihre Kräfte blockieren und sie abschotten, sodass Kiana sie nicht aufspüren kann."

Ich erinnerte mich, sie trug das letzte mal als ich sie sah einen runden Anhänger mit einem Lebensbaum und einer Art Pentagramm in der Mitte.

Jetzt erinnerte ich mich auch wieder wo ich dieses Medaillon schon mal gesehen hatte. Es war das selbe dass Kenzi und Daniel schützen sollte, das selbe dass Daniel´s Kräfte blockierte, das selbe dass Renesmee ihnen gab.
Wieder fühlte ich mich manipuliert, hintergangen.
Daniel war so wütend, dass er leise, in Gedanken zählte um sich zu beruhigen.
„Warum hast du es Sadie nicht gesagt? Warum kamst du nicht zu uns und hast uns gleich alles erzählt?" wollte ich wissen.
„Du sagtest du traust mir nicht, oder der Hexe in mir!"
Ich sah MJ skeptisch an,
„das habe ich nie laut gesagt."
„Ja! Aber wir wissen doch beide, dass du von Anfang an wusstest, dass ich dich lesen kann?"
„Und wieder einmal die Frage warum hast du es nie erwähnt?" mischte sich Daniel ein.
„Ich musste erst sicher sein!"
„Womit?"
Daniel klang immer noch wütend.
„Was glaubst du?" fauchte MJ zurück,
„soll ich Kalea etwa beichten, dass ich Ariel bin? Die Hexe die sie getötet hat, weil sie mit ihrem Mann geschlafen hatte?"

Daniel und ich schauten sie überrascht an.
„Ja Nakoa! Warum hatte sie mich eigentlich getötet? Was dachtest du?"
„Weil Muriel es so wollte und sie durch einen Trick überredete dies zu tun!" flüsterte er.
MJ fing an zu lachen!
„Ja natürlich! Muriel wusste dass wenn Ariel stirbt, sie ebenfalls sterben muss, aber Kalea wusste es nicht. Kalea tötete mich und schickte mich ins Leere."
Wir starrten sie immer noch an.
„So etwas hatte ich befürchtet," meinte Akamu, „ich konnte es fühlen, das sie nicht die Wahrheit sagte."
MJ nickte,
„Kalea nahm meine Kraft und ging zu Muriel. Als sie sah, dass Muriel im sterben lag, verbannte Kalea ihre Seele in das Medaillon und ihre Kräfte in das Buch der Hexen!"
Ich starrte wieder auf das Medaillon um meinen Hals.
„Muriel konnte einen letzten Zauber aussprechen bevor ihre Seele entwich," erzählte MJ weiter,
„Im Zeitalter des Mondzirkel, wenn die Hexen wieder kommen, wird Muriel im Körper Kalea's wiederkehren und ihre Seele für immer mitnehmen."
„Und was passiert mit Kenzi? Wird sie es verkraften wenn drei Seelen in ihr sind?" fragte ich besorgt.
„Das weiß ich nicht, aber es gibt einen Zauber der ihre Seele vorübergehend aus ihrem Körper lässt, wir könnten sie tauschen?!"
„Tauschen?" fragten Daniel und ich synchron.
„Ihre Seele in das Medaillon und Muriel's in Kenzi's Körper."
Ich stand auf und verließ den Raum. Mir war das alles zu viel. Ich saß auf der Terrasse und schaute den Mond an als MJ sich zu mir setzte.

„Du hast Angst um Kenzi! Das kann ich fühlen."
Ich lehnte mich nach vorne auf meine Knie und nahm den Kopf in die Hände.
„Es wird ihr nichts passieren, wenn alles vorbei ist dann lasse ich ihre Seele wieder zurück."
Ich sah MJ fragend an,
„wenn alles vorbei ist? Was passiert eigentlich wenn alles vorbei ist?"
Sie sah mich mitleidig an und ich konnte fühlen das sie mir etwas verschweigt.
„Wer ist Kiana?" wollte ich wissen.
Sie schwieg.
„Wer ist Kiana?" fragte ich erneut.
Sie schwieg weiter.
„Du weißt wer Kiana ist?!"
Sie nickte.
„Wer ist Kiana?" ich wurde lauter,
sie schwieg wieder.
Ich versuchte sie zu lesen, doch MJ blockierte mich.
„Gut wie du willst," meinte ich schließlich und ließ sie alleine zurück.
„Wir werden Kenzi auch ohne die Hexen finden!"
Ich war aufgebracht als ich wieder im Wohnzimmer stand.
Daniel sah mich an,
„was ist passiert?" wollte er wissen.
„MJ weiß wer Kiana ist, will es uns aber nicht sagen."
Daniel ballte die Fäuste und ich konnte seine Wut spüren.
Bevor ich reagieren konnte lief er auf MJ zu, die gerade wieder herein kam und schlug ihr ins Gesicht.
Sie sackte zu Boden und hielt sich die Hand vor die Wange, leuchtete wieder Orange.
Akamu half MJ auf und setzte sie auf das Sofa,

„und du geh dich Abkühlen," sagte er zu Daniel,
der wutentbrannt aus dem Zimmer stürmte.

In der Nacht schlief ich schlecht, ständig wachte ich auf, dachte Kenzi steht neben mir.
Am nächsten Morgen beschloss ich mit Hilfe des Medaillon nach Kenzi zu suchen.
„Du kannst mir helfen und mitkommen, oder hier bleiben und weiter versuchen MJ eine rein zu hauen,"
sagte ich zu Daniel als ich ihm meinen Entschluss mitteilte.
„Ich werde mitkommen."
Wir standen wieder an der Stelle als ich Kenzi das letzte Mal spürte, schauten uns fragend an.
*Und Jetzt?
Wollte Daniel wissen. Ich nahm das Medaillon in die Hand.
*So Muriel, jetzt zeig mir wie mächtig du bist..
Zum ersten Mal verstand ich ihre Worte klar und deutlich.

Das Kind reines Blutes zum Kampf nicht bereit. Bereitet euch auf das Ende vor. Der Tod ist Nahe.. die Hexe entkräftet, die Hexe muss ich finden, ihre Seele werde ich holen.

Das Kind reines Blutes zum Kampf nicht bereit. Bereitet euch auf das Ende vor. Der Tod ist Nahe.. die Hexe entkräftet, die Hexe muss ich finden, ihre Seele werde ich holen.

Sie wiederholte diese Sätze am laufenden Band.
Meine Kopfschmerzen kamen zurück, ich erhielt eine Vision.

Sah Kenzi im Keller, gefesselt, um Gnade flehend, ihre Kräfte gebannt, und meinen Namen rufend.

„Was hast du gesehen?" wollte Daniel wissen als es vorbei war.
„Kenzi!"
„Wo ist sie?"
„Im Keller!"
„In welchem Keller?"
„In meinem!"
Daniel starrte mich verwirrt an,
„in deinem Keller?"
Ich nickte.
„Also ist sie bei Beatrice im Keller?"
„Nein!"
„Aber du sagtest doch in deinem Keller?"
„Ja! Aber nicht in dem in Tante B.´s Haus."
Daniel kniff die Augen zusammen und sah mich immer noch
verwirrt an.
„In dem Keller im Haus meiner Eltern."
klärte ich ihn auf und schaute ihn ernst an.
„Tante B. hat das Haus nie verkauft, sie dachte irgendwann
wolle ich vielleicht mit meiner eigenen Familie dort wohnen.
Sie vermietet es immer nur Zeitweise, zur Zeit steht es leer."
„Dann los,"
befahl Daniel und schob mich ein Stück auf die Straße.
Um so näher wir an das Haus kamen, umso heller leuchtete das
Medaillon,
*Die Hexe entkräftet, die Hexe muss ich finden, ihre Seele werde
ich holen.*
Hörte ich Muriel wieder sagen.
„Meinst du Kiana ist auch hier?"
fragte Daniel als wir vor dem Haus stehen blieben.
„Ja!"
Ich konnte sie fühlen.

Lass mich Frei!
Kam aus dem Medaillon. Ich setzte mich vor das Haus und holte das Buch der Hexen aus dem Rucksack.
„Du hast das Buch mitgenommen?" fragte Daniel.
„Ja!"
„Warum?"
„Weil Muriel auch ihre Kräfte braucht."
Er setzte sich neben mich, ich konnte seine Nervosität fühlen. Wieder zog mich das Buch in seinen Bann als ich es öffnete, wieder spürte ich die Macht die vom Buch ausging.
„Warte hier," sagte ich zu Daniel und riss einen Spruch aus dem Buch.
Ich schlich mich ums Haus zu dem Kellerfenster und kletterte hinein. Ein ungutes Gefühl erfasste mich.
*Hallo Keahi,
hörte ich eine Stimme sagen,
ich wusste du findest mich früher oder später. Ich wusste wenn ich deine Hexe hole, wirst du mich finden.
*Kiana!!
*Ich dachte eigentlich du bringst mir das Kind reines Blutes, aber die Hexe des Todes ist auch ein Anfang.
Ich spürte Kenzi wieder, und öffnete die Tür zum Nebenraum. Sie saß auf einem Stuhl gefesselt, so wie ich es gesehen hatte.
Ich rannte auf sie zu,
„Kenzi, hörst du mich!"
„Sie ist hier, Lucas, Kiana ist hier!" flüsterte sie.
„Ich weiß ich fühle und höre sie."
Kiana´s Lachen hallte durch den Keller.
Ich versuchte Kenzi´s Fesseln zu lösen.
„Pass auf hinter dir," schrie sie.
Abrupt drehte ich mich um und erstarrte.
*Annabeth!!

„Hallo Lucas, lange nicht gesehen."
Jetzt schnell hörte ich aus dem Medaillon, reflexartig riss ich es mir vom Hals und schmiss es auf den Boden, es zerbrach und ein Orangenes Licht schwebte im Raum.
„Hallo Muriel," sprach Kiana.
Bevor ich weiter machen konnte schoss Kiana Blitze auf mich, Kenzi schrie auf und ich sackte zu Boden.
Ich sah wie Muriel in Kenzi´s Körper fuhr, konnte mich nicht bewegen.
Kiana beugte sich zu mir herunter,
„Dachtest du wirklich die Hexe des Todes kann mich aufhalten?"
Ich schloss meine Augen, versuchte mich an den Spruch zu erinnern.
Virtutes autem alteram dabitur vobis*
rief ich mit letzter Kraft. Kenzi´s Körper fing an Orange zu leuchten und sie schrie als hätte sie schmerzen.
Kiana stand vor mir und hielt sich die Hand vor die Augen.
„Willkommen zurück, Muriel!"
dann wurde ich Ohnmächtig.

Als ich wieder zu mir kam, lag ich immer noch im Keller.
Daniel saß neben mir.
„Was ist passiert? Wo ist Kenzi?"
Daniel streckte mir das Medaillon entgegen, der Kristall war wieder ganz und leuchtete Blau.
„Soll das heißen, ihre Seele ist jetzt hier drin?"
Daniel nickte.
„Was ist passiert?" fragte ich erneut.
„Ich wartete, wie du gesagt hast, auch als alles Orange leuchtete. Dann stand MJ plötzlich hinter mir und ging ins Haus.

*die Kräfte die dir eins genommen, sollen dir wiedergegeben sein

Ich folgte ihr, sah dich auf dem Boden neben Kenzi liegen, genau so wie sie es gesehen hatte. Als MJ, Kenzi sah, leuchtete sie ebenfalls Orange. Sie versuchten Kiana zu bekämpfen, doch ihre Blitze schossen durch sie durch. Sie lachte, dann verschwand sie."
Daniel klang fast weinerlich.
„MJ sprach einen Spruch und Kenzi´s Seele flog über uns, das Medaillon setzte sich wieder zusammen und sie hinein. Seitdem leuchtet es Blau."
„Kiana verschwand?"
Er nickte.
„Wie ist das möglich?"
„MJ sagte es war nie wirklich Kiana, sondern nur eine Astralprojekion."
„Wo sind die Hexen jetzt?"
„Sadie. Sie wollen ihr alles erklären.!"
Ich stand auf und hing mir das Medaillon um den Hals, versteckte es unter meinem Shirt.
„Komm gehen wir," sagte ich zu Daniel.
Wir liefen die Kellertreppe hinauf, vor der Eingangstür stockte ich kurz. An der Wand hing noch ein Familienbild von uns.
„Was ist?" wollte Daniel wissen.
„Ich kenne Kiana´s Körper?"
„Wer ist sie?" fragte er aufgeregt.
„Annabeth, meine Schwester!!"

Kapitel 13
Der Dolch des Todes

Seit einer halben Stunde stand ich unter der Dusche, stützte mich an der Wand ab, schaute auf den Boden, während das Wasser meinen Kopf herunter lief.
Hallo Lucas, schon lange nicht mehr gesehen,
hörte ich sie immer sagen, die Bilder schwirrten in meinem Kopf. Sah Annabeth, wie sie sich über mich beugte,
dachtest du die Hexe des Todes könnte mich aufhalten?
Ich kniff meine Augen zusammen, unterdrückte einen Schrei.
Ich sah meine Eltern in meiner Erinnerung, als sie das letzte Mal bei mir waren, in der Klinik, vor ihrem Unfall, meine Mom streichelte meinen Kopf,
Wir kommen Morgen wieder.
Mach´s gut mein tapferer Soldat,
meinte mein Dad und umarmte mich. Annabeth saß auf dem Stuhl und aß mein Eis. Sie zwinkerte mir zu und lächelte.
Dann gingen sie und kamen nie wieder.
Ich drehte das Wasser aus, nahm ein Handtuch und stellte mich vor den Spiegel, starrte mein Spiegelbild an.
In meinem Kopf hallte Kiana´s Lachen. Ich schrie auf und schlug mit der Faust auf den Spiegel. Er zersprang in tausend Teile und schnitt mir meine Hand auf. Das Blut lief das Waschbecken entlang, hypnotisiert schaute ich zu wie es den Abfluss hinunter lief.
Ich spürte dass die Hexen zurück waren, verband meine Hand, zog mich an und ging hinunter.
„Was ist mit deiner Hand?"
fragte mich MJ als ich den Raum betrat.
„Der Typ im Spiegel hat mich genervt!"
gab ich ihr zur Antwort und holte mir ein Glas Wasser.

Es war schwer, Kenzi zu sehen und zu wissen, dass sie es nicht ist. Ich starrte sie an, an ihrer Körpersprache konnte ich schon erkennen dass es nicht Kenzi war. Diese Person die sie jetzt ist, zeigt keinerlei Schwäche, diese Person hätte nie einen Nervenzusammenbruch erhalten, aufgrund ein Paar Tarotkarten. Ich stellte mein Glas auf den Tisch und verließ dem Raum.
Wieder saß ich auf der Terrasse und starrte den Mond an. Immer noch sah ich Annabeth´s Bilder in meinem Kopf.
Muriel kam zu mir und setzte sich neben mich. Ohne Worte nahm sie meine Hand und heilte meine Schnittwunden.
Überrascht schaute ich sie an.
„Kalea ist immer noch hier,"
sagte sie schließlich.
„Aber Kenzi hast du verbannt!" gab ich zurück.
„Nur zu ihrem eigenen Schutz,"
sie nahm mein Medaillon und streichelte es,
„hier kann ihr nichts passieren. Sollte dieser Körper sterben während ihre Seele darin ist, würde auch sie Sterben."
Ich verstand kein Wort.
„aber so kannst du sie frei lassen wie du mich frei gelassen hast und sie kann zurück in den Körper."
Ich starrte auf das Medaillon, wünschte mir Kenzi würde jetzt hier mit mir sitzen. Es klingelte an der Tür,
„das ist Sadie. Scheinbar hat sie den Schock mittlerweile überwunden," scherzte Muriel und ging lachend hinein.
Ich küsste das Medaillon und folgte ihr.
Sadie begrüßte gerade Daniel, der sich als Nakoa vorstellte.
„Hi,"
sagte ich als sie sich zu mir umdrehte.
„Hi Lucas, wer warst du noch gleich?"
fragte sie leise.

Sie trug immer noch den Anhänger um den Hals.
„Keahi!"
gab ich zur Antwort und lief an ihr vorbei.
Sie zitterte am ganzen Körper und nahm den Anhänger in die Hand. Ich brachte ihr ein Glas Wasser.
„Danke!"
„So da wir jetzt das Kind reines Blutes haben und wissen in welchem Körper Kiana steckt, die wichtigste aller Fragen, WIE können wir sie Töten?"
unterbrach Daniel das Schweigen.
MJ sah mich an, ich erwiderte ihren Blick. War immer noch wütend auf sie, da sie mir verschwieg wer Kiana ist.
„Wir wissen nicht in welchem Körper Kiana ist,"
meinte ich immer noch mit Blick auf MJ gerichtet.
„Du sagtest doch es wäre Annabeth?" meinte Daniel, „deine Schwester."
mein Blick ging zu Daniel,
„meine Schwester starb vor 15 Jahren."
„Dann ist sie nicht Annabeth?" fragte Sadie.
Ich schaute wieder zu MJ,
„Annabeth starb vor 15 Jahren!?"
MJ atmete Tief ein und schüttelte den Kopf.
Ich musste leicht auflachen, wieder fühlte ich mich hintergangen. Ich stand auf und raufte mir die Haare, schrie auf, wieder musste ein Spiegel dran Glauben. Sadie erschrak als er in tausend Teile zersprang. Wieder schnitt ich mir die Hand auf, das Blut tropfte auf den Boden, doch es war mir egal. Muriel wollte die Wunden wieder heilen, ich lies sie nicht.
„Nein! Fass mich nicht an Hexe!"
Entsetzt über meine Worte schaute sie mich an.
Ich wickelte mir ein Tuch um die Hand und verließ das Haus.

Ziellos und mit blutiger Hand irrte ich durch die Straßen.
Ich setzte mich auf eine Parkbank und schrie so laut ich konnte.
Wie war das möglich? Wie konnte Annabeth noch am Leben sein? Ich erinnerte mich an die Beerdigung, sah wie sie Drei Särge in Drei nebeneinander liegenden Gräber hinunter ließen. Erinnerte mich an den Schmerz den ich dabei empfand und an Tante B.´s Tränen.
Mein nächster Weg führte mich auf den Friedhof.
Ich stand vor dem Grab meiner Eltern. Tränen liefen mir über die Wangen. Zum ersten Mal seit ihrem Tod fühlte ich mich alleine. Ich kniete vor dem Grab meiner Mom und berührte ihren Grabstein, fuhr mit den Fingern den Schriftzug nach.
Mary Ann Brady
geliebte Mutter, für immer im Herzen.
Rechts daneben lag mein Dad. Sein Stein war genau wie Mom´s Stein gehalten.
Jonathan Brady
geliebter Vater, geliebter Bruder.
Ich atmete Tief ein und setzte mich vor Annabeth´s Grab.
Ihr Stein war anders, er hatte eine riesige Rose in der Mitte, in dem ein Foto von ihr eingraviert wurde.
Starrte das Foto an, berührte es als ich eine Vision erhielt.

Ich sah wie Kiana in Annabeth erwachte, am Tag vor dem Unfall, sah wie sie sich von mir verabschieden, am Tag des Unfalls, sah wie sie eine der Schwesternschülerinnen mit nahmen, sah wie das Auto gerammt wurde und die Klippen hinunter fiel, sah wie Annabeth verletzt aus dem Auto krabbelte, bevor es in Flammen aufging. Ich sah ein helles Licht, und dann verschwand sie.

Erschöpft lies ich mich auf den Boden fallen. Es fing zu regnen

an, ich schloss meine Augen und der Regen prasselte auf mein Gesicht.
Jetzt kennst du die Wahrheit, Bruder!
Hörte ich Annabeth sagen.
Glaub mir ich war genau so überrascht wie du als ich erfahren habe wer Keahi ist.
Wer liegt in deinem Grab?
Wollte ich wissen.
Die Krankenschwester. Niemand wusste dass sie bei uns mit fuhr, so dachten alle das wäre ich.
Wo warst du die ganze Zeit?
Och mal hier Mal da, ich bereitete mich hauptsächlich auf die Ankunft von Keahi, Kalea, und Nakoa vor.
Von mir aus, töte mich, na Los...
schrie ich in Gedanken. Sie lachte.
Wenn ich das wirklich wollte, hätte ich es schon längst getan.
Was willst du dann??
das Kind reines Blutes, Nakoa und den Dolch!
Ich stand auf, sah sie hinter einem Baum stehen.
Was für einen Dolch?
Ich lief auf sie zu, sah sie klar und deutlich, wollte sie berühren, doch meine Hand ging durch sie durch,
„Schon wieder als Projektion hier?"
sie zwinkerte mir zu, wie damals in der Klinik.
„Mach´s Gut Äffchen...!"
und verschwand.

Klitschnass betrat ich Crowley´s Haus. Die anderen saßen am Küchentisch und diskutierten über mich.
„Er verkraftet nicht dass Kenzi nicht mehr hier ist!"
meinte MJ,
„Es liegt wohl eher an Kiana oder welchen Körper sie sich

ausgesucht hat," sagte Muriel.
„Ich schätze es liegt eher an den Geheimnissen die ihr vor uns habt," warf Daniel ein, ohne seinen Blick aufzurichten.
„Was für einen Dolch sucht Kiana?" fragte ich ernst.
Alle Blicke waren auf mich gerichtet, sie hatten mich vorher nicht bemerkt.
„Woher weißt du das?" MJ sah mich entsetzt an.
„Annabeth," ich schluckte kurz,
„Kiana sagte sie will das Kind reines Blutes, Nakoa und den Dolch."
Die Hexen sahen sich gegenseitig an.
„Ich wusste nicht dass er hier ist?" fragte Muriel.
„Ich habe ihn noch nicht gefunden," antwortete Ariel.
„Was für ein Dolch?" fragte ich erneut.
Sie schwiegen.
Noch mehr Geheimnisse, hörte ich Sadie denken.
Daniel und ich sahen sie an und nickten.

Ich ging nach oben um aus den nassen Sachen zu kommen, im Bad angekommen warf ich alles einfach in die Ecke und schaute in die Reste des Spiegels. Meine Hand schmerzte und das Tuch war komplett durch geblutet. Ich verzog das Gesicht als ich es versuchte von der Hand zu wickeln.
Ich spürte dass mich jemand durch den Spalt der Badezimmertür beobachtet.
„Was willst du Muriel?"
Sie öffnete die Tür und schaute mich mitleidig an.
„Lass mich es heilen!" sagte sie und nahm meine Hand.
„Nein!" Ich zog sie zurück.
„Dürfte Kenzi es heilen?"
„Du bist nicht Kenzi!!"
Hmmmhh dachte sie.

Sie nahm das Medaillon in die Hand und berührte dabei meinen nackten Oberkörper.
„Ich könnte es sein, für einen Moment."
„Wie meinst du das?"
„Ich lasse sie heraus, und du kannst nochmal mit ihr reden, aber es geht nicht für lange, denn für Drei Seelen ist der Körper nicht stark genug." erklärte sie mir und ich nickte.
Bevor ich reagieren konnte, sah ich auch schon ein blaues Licht aus der Kugel in Kenzi´s Körper fliegen.
Sie sackte zusammen und stützte sich an mir ab.
„Lucas?!" sagte sie als sie mich ansah.
Ich half ihr wieder auf die Beine und küsste sie. Dabei merkte ich wie sehr ich sie vermisst hatte.
Kenzi lächelte mich an und sah meine Schnittwunden.
„Soll ich?"
Ich nickte.
Ich erzählte ihr was passiert ist während sie in der Kugel war.
Sie fing an zu weinen,
„ich habe Angst Lucas, Angst dass wir es nicht schaffen und ich für immer in der Kugel bleiben muss."
Ich nahm sie in den Arm und drückte sie so fest ich konnte.
„Ich muss wieder gehen," sagte sie nach einer Weile als sie MJ an der Tür bemerkte.
MJ legte ihre Hand auf Kenzi´s Stirn und führte das Licht in die Kugel des Medaillon.
„Danke,"
sagte ich zu Muriel und ging zurück zu Daniel und Sadie.

„Wie geht es Kenzi?" fragte mich Daniel. Er sah besorgt aus.
Ich setzte mich zu ihm an den Tisch.
„Was liest du da?"
Er schob mir das Buch herüber.

Der Dolch des Todes
lautete die Überschrift. Darunter ein Bild eines wellenförmigen Dolches um dessen Griff sich eine Schlange befand.
„Die Hexen sagen, eine reisende Seele, die immer wiedergeboren wird, kann man nur mit diesem Dolch töten," erklärte er mir.
„Und in unserem Fall kann nur das Kind reines Blutes, Kiana mit diesem Dolch töten."
Er schaute zu Sadie,
„also nur du, damit!"
und tippte auf das Bild. Ich konnte wieder Sadie´s Angst spüren.
„Und wo soll der Dolch sein?" fragte ich und blätterte im Buch.
„MJ ist noch auf der Suche."
Daniel lehnte sich nach Hinten und legte seine Füße auf den Tisch.
„Lucas dein Hemd leuchtet Blau," rief Sadie und zeigte auf mein Shirt. In der Tat flackerte das Medaillon in einem Hellen Blau, wie es vorher noch nie flackerte.
Nervös schaute ich es an,
„da stimmt etwas nicht, Daniel."
Ich hörte Kenzi´s Rufe, leise, schwach.
Meine Kopfschmerzen kamen zurück. Seit Muriel Frei war, hatte ich nicht mehr solche Kopfschmerzen. Vor Schmerzen krümmte ich mich auf dem Boden. Dann sah ich sie,
Kenzi, sie kniete vor mir und streckte die Hand nach mir aus.
Kannst du mich hören, Lucas?
Ich nickte und hielt mir den Kopf. Um sie herum bildete sich ein leuchtend blauer Schleier.
Sadie muss das Amulett abnehmen.
Ich verkniff mir einen Schrei,

Hörst du Lucas?
„Jaaaa," rief ich ihr zu.
Ich versuchte sie anzusehen, sie stand Transparent vor mir, umgeben von blauem Licht.
Das Amulett wird den Dolch finden.
Ich nickte und sie lächelte nur zufrieden, versuchte mich zu küssen. Ich spürte einen kalten Hauch auf meinen Lippen. Dann verschwand sie wieder und die Schmerzen hörten auf. Erschöpft lies ich mich nach hinten fallen. Daniel stand über mir und sah mich fragend an.
„Was war jetzt los?"
„Sadie muss das Amulett ausziehen, es wird den Dolch finden."
„Das, Das trau ich mich nicht," stotterte Sadie.
Ich stützte mich auf meine Ellenbogen,
„vertrau mir, hier wird sie dich nicht finden, das Haus steht unter einem Schutz."
Daniel streckte mir seine Hand hin und half mir auf.
„Werde ich dann auch immer solche Schmerzen haben?" wollte sie wissen während sie das Amulett auszog.
„Nö, diese Ehre hat nur unser Superempath,"
lachte Daniel und schlug mir auf die Schulter. Sadie lächelte zaghaft und gab uns das Amulett.
„Wo sind eigentlich die Hexen?"
mir fiel ein das sie die ganze Zeit nicht anwesend waren.
Wir fanden sie in Akamu´s Arbeitszimmer. Beide Hexen saßen im Schneidersitz meditierend auf dem Boden. Um sie herum genau wie bei Kenzi einen leuchtender Schleier, nur Orange.
„Was macht ihr da?" fragte Daniel als wir den Raum betreten.
„Wir reinigen unsere Aura, solltest du auch mal tun, deine ist ganz dunkel!" kam von Muriel.
„Meine Was?"

„Deine Aura!" beantwortete Sadie die Frage,
„sie ist ganz Grau."
Daniel und ich schauten uns verwundert an,
„und seine?" fragte er schließlich und zeigte auf mich.
Sadie lächelte,
„bitte antworte nicht darauf," bat ich sie.
„Wie wir sehen hast du dich getraut deine Kräfte
anzunehmen?" kam von den Hexen.
Sadie nickte.
„Aber was sind das genau für Kräfte?" wollte Daniel wissen.
„Sadie erkennt die Energie der Menschen," antwortete MJ.
„sie wurde wie ihr damit geboren."
„Und weiter?" fragte er verwirrt.
„Nix und weiter..!" gab MJ genervt zurück.
„Wie soll uns diese Kraft denn helfen? Ich dachte das Kind
reines Blutes hätte eine Aktive Kraft."
MJ trat auf Daniel zu und drückte ihn gegen die Wand,
„woher willst du wissen dass es keine Aktive Kraft ist?
Deine Kräfte hast du nur durch Nakoa erhalten."
dann verließ sie den Raum und Muriel folgte ihr.
„Mit welchen Kräften wurdet ihr geboren?"
fragte Sadie und setzte sich auf einen Stuhl.
„Ich berühre Dinge und sehe etwa einen Tag in die Zukunft."
antwortete Daniel und setzte sich neben sie.
„Ich bin ein Empath." sagte ich und setzte mich ebenfalls.
„Oh je, das könnte ich nicht, immer die Gefühle der anderen zu
spüren, muss ja schrecklich sein."
„Es ging. So richtig heftig wurde es erst, als Keahi auftauchte."
„Heftig?"
„Ja, vorher spürte ich kleine Empfindungen, konnte dadurch
die Launen der anderen besser einschätzen," erklärte ich.
„Jetzt sind die Empfindungen so stark, als wären es meine

eigenen."
„Nennt dich deshalb Daniel Mr. Superempath?"
Ich schaute Daniel an und musste lächeln.
„Nein, das hat Kenzi immer zu ihm gesagt, weil sie ihre Gefühle für ihn nicht verheimlichen konnte, und er immer wusste wie sie sich fühlt, er es aber trotzdem Falsch gedeutet hatte," amüsierte sich Daniel.
„Verstehe, du hast Kenzi geliebt nicht wahr?" richtet Sadie ihre Frage an Daniel,
„oder tust es immer noch?"
Daniel sah mich an, ich konnte seine Verlegenheit spüren.
„Wie kommst du darauf," stellte er als Gegenfrage.
„Deine Aura wird Grün, wenn du über Kenzi redest."
„Grün?" fragte er misstrauisch.
„Grün ist die Farbe des Herz-Chakra's, das Chakra steht für Liebe und Mitgefühl," lachte sie.
Daniel errötete leicht und wich meinem Blick aus.
„Oh entschuldige bitte, ich wollte keine alten Wunden aufreißen," Sadie sah mich reuig an.
„Nein schon Gut, gibt keine alten Wunden."
„Deine Aura sagt aber bestimmt etwas anderes, hab ich Recht Sadie?" klatschte Daniel.
„Deine Aura wurde Oliv-Grün, dies bedeutet unter anderem Eifersucht," bestätigte Sadie seinen Verdacht.
„Ok, nicht schlecht," musste ich zugeben,
„und du dachtest es wäre keine Aktive Kraft."
„Ja und dafür entschuldige ich mich Sadie."
Sadie nickte und lächelte zufrieden.

Quelle: xterrica.com/parapsychologie/die-aurafarben-und-ihre-bedeutungen

Da Sadie ebenfalls in Crowley´s Haus übernachten wollte, wurde es allmählich eng, also beschloss ich in Daniel´s Zimmer mit zu übernachten und gab den Frauen mein bisheriges Zimmer. In der Nacht wurde ich wach weil ich spürte dass jemand vor dem Bett stand. Ich öffnete meine Augen,
„Kenzi?"
„Hallo mein Schatz."
„Wie bist du aus dem Medaillon gekommen?"
„Das bin ich nicht, ich bin in deinen Träumen, ich wollte mit dir reden."
„Also träume ich?"
„Ja."
Ich schüttelte meinen Kopf,
„wenn ich von dir Träumen würde, dann würdest du nicht kommen um mit mir zu reden, sondern du würdest neben mir liegen und wir würden..!"
Kenzi lächelte,
„glaub mir, das würde ich gerne."
Sie strich mir über die Wange und wieder spürte ich einen kalten Windhauch.
Ich schloss meine Augen und genoss ihre Berührung, als ich sie wieder öffnete, war sie weg.
„Kenzi ich liebe dich," flüsterte ich, dann schlief ich wieder ein.

Total verschlafen lief ich nach unten, erwartete eigentlich alle anderen beim Frühstück zu treffen, doch ich traf nur Sadie an.
„Morgen, Sadie. Warst du etwa die ganze Nacht auf?"
Sie nickte,
„Ja, ich schlief zwar gleich ein, träumte aber von dem Dolch und da ich nicht mehr schlafen konnte, wollte ich mich nützlich

machen und habe recherchiert."
Sie schob mir ihren Laptop hin, ich schenkte mir einen Kaffee ein und setzte mich neben sie.
„In meinem Traum sah ich diesen Dolch in einer Ausstellung des Keltischen Reiches, also habe ich mal nachgeschaut, wo sich diese Ausstellung zur Zeit befindet."
Ich trank einen Schluck aus meiner Tasse und sah mir ihre Recherche mal genauer an. Sadie stand auf und schenkte sich ebenfalls einen Kaffee ein.
Oh Gott ich seh ja schrecklich aus,
hörte ich sie denken, langsam sah ich hinter mich und bemerkte dass sich Sadie's Spiegelbild im Toaster spiegelte. Sadie machte sich zurecht.
Ich musste leicht schmunzeln als sie sich wieder zu mir setzte.
„Und was meinst du?" fragte sie aufgeregt.
Sie recherchierte dass sich eine Keltische Ausstellung zur Zeit etwa 150 km entfernt befand.
„Bist du dir sicher dass dies der richtige Dolch ist?"
„Nein, aber ich dachte wir könnten da hin fahren und es heraus finden," sagte sie und zwinkerte mir zu.
Und wenn ich wir sage, meine ich nur du und ich!?
Hörte ich sie wieder denken, erneut musste ich schmunzeln und wich ihrem Blick aus.
„Ja. Das ist eine gute Idee, das sollten wir tun." antwortete ich.
„Ok!" *Dann machen wir das!!*
Ich musste lachen, war mir nicht sicher ob sie wusste dass ich ihre Gedanken hören konnte.
Nach und nach kamen die anderen herunter und als alle am Tisch saßen, berichteten wir was Sadie herausgefunden hatte.
„Ok, Muriel und ich besorgen uns Eintrittkarten und einer muss noch einkaufen gehen wir haben keine Milch mehr,"
sagte MJ und hob die leere Milchpackung in die Höhe.

„Sadie sollte aber das Haus nicht verlassen, vorsichtshalber."
„Ok, aber ich will nicht alleine hier bleiben,"
„Sie hat Recht, einer sollte bei Ihr bleiben," meinte Daniel.
Bitte Lucas!
Hörten wir sie denken, alle lächelten und schauten sie an.
„Was ist?" fragte sie überrascht.
MJ beugte sich zu ihr und flüsterte ihr etwas ins Ohr.
Sadie lief Rot an,
Gedanken hören?
Verlegen starrte sie mich an. Ich schmunzelte vor mich hin und schmierte mir Butter auf mein Brot.

Nach dem Frühstück machten sich alle fertig und wir trafen uns wieder im Wohnzimmer.
„Also die Hexen gehen die Karten kaufen, ich fahre einkaufen und du Romeo bleibst bei Sadie," neckte mich Daniel und boxte mich in die Schulter.
Ich musste wieder schmunzeln und schaute zu Sadie, die mit rotem Kopf auf dem Sofa saß und mich peinlich berührt anschaute. Grinsend verließen alle das Haus.
Schweigend saß ich mit Sadie im Wohnzimmer. Sie studierte am Laptop den Artikel den sie mir am Morgen zeigte.
Ich schaff das nicht. Ich kann das nicht. Ich kann nicht Töten, dachte sie dabei.
„Du schaffst das Sadie, wenn es darauf ankommt, dann wirst du es schaffen sie zu Töten," versuchte ich sie zu beruhigen.
Wieder schaute sie mich verlegen an.
„Tut mir Leid, für meine unkeuschen Gedanken, dir gegenüber," entschuldigte sie sich.
Wieder musste ich schmunzeln.

Nach etwa einer Stunde trudelten alle wieder ein, und ich konnte Sadie´s Erleichterung spüren.
„Ok, ich habe uns auch noch gleich ein Zug Ticket besorgt, wir

brauchen für die Strecke etwa eine Stunde," erzählte uns MJ während sie die Einkaufstaschen, die Daniel auf dem Tisch stehen lies, verräumte.
„Der Zug fährt um 14 Uhr, jetzt ist es 12.20 Uhr, ich würde sagen wir fahren in einer Stunde los Richtung Bahnhof."
Ich ging nach oben und legte mich auf das Bett, muss eingeschlafen sein. Spürte einen Kalten Hauch auf meinen Lippen, öffnete die Augen und Kenzi saß neben mir, ich lächelte sie an.
„Sadie glaubt den Dolch gefunden zu haben, wir fahren gleich dort hin, um uns den Dolch anzusehen."
„Seit bitte vorsichtig, Kiana folgt euch."
Ich nickte und versuchte ihre Hand zu streicheln,
„die Befürchtniss habe ich auch, ich spüre sie."
Kenzi legte ihren Kopf auf meine Schulter, ich fühlte ihre Nähe wie wenn sie wirklich bei mir wäre.
„Lucas!! Lucas!! LUCAS!!"
riss mich Daniel aus dem Schlaf.
„Steh auf Dornröschen, wir müssen los, die anderen warten schon."

Im Zug waren alle sichtlich Nervös, wir konnten Kiana in der Nähe spüren.

„Wir können nicht genau wissen in welchem Körper sie sich zeigt, also seit äußerst vorsichtig," ermahnte uns MJ.
„Und du Sadie sag sofort bescheid wenn sich eine der Aura Farben negativ verändern."
„Wie sehen denn die Auren hier aus?" fragte Daniel interessiert.
Sadie atmete tief ein,
„Wie wenn ich in der Mitte eines Regenbogen stehen würde."
Kurz vor dem Ziel hörte ich sie, Annabeth.
Hallo Äffchen!
Nenn mich nicht so, was willst du Annabeth?
Ich spüre wie sehr du sie vermisst, und deshalb mache ich dir einen Vorschlag!
Was willst du??
Bring mir den Dolch und ich lasse dich und deine Freundin gehen, ich verschone ihren Körper, hole mir nur die Hexen Seelen und du kannst ihre wieder hinein lassen.
Und dann? Was geschieht dann?
Dann werde ich meine Aufgabe fort führen, endlich ein für alle mal beenden, was Kalea vor so langer Zeit angefangen hat.
Ich soll also meine Freunde verraten?
Das sind nicht deine Freunde!
Ich schwieg und sah aus dem Fenster,
Denk darüber nach Äffchen! Tu es für Kenzi!
Ich musste auflachen und schüttelte meinen Kopf, dabei bemerkte ich dass Sadie mich beobachtete.

Als wir in der Ausstellung ankamen, spürten wir alle die Macht die von den ausgestellten Objekten ausgingen.
Muriel lief auf einen ausgestellten Armreif zu, der die Form einer Schlange hatte und berührte ihn zaghaft, wich aber

ruckartig zurück als sie einen kleinen Schlag bekam, wir konnten deutlich einen kleinen Blitz sehen, und sahen uns verwundert an.
„Das war Hekate′s Armreif," erklärte sie uns, um unsere Verwunderung aufzuheben.

Im nächsten Raum stand Akamu wie angewurzelt vor einem Keltischen Weinkrug mit zwei Drachen im Muster die sich um den Stiel schlängelten.

Wir alle erkannten diesen Kelch. Es war der Kelch der uns in dieses Leben schickte, Akamu′s Kelch.
Sadie beobachtete uns aufmerksam, wir liefen weiter, als auch ich vor einem Objekt stehen bleiben musste.
Es war ein Ring, mein Ring. Kalea gab ihn mir am Tag unserer Hochzeit. Ich starrte ihn an ohne anzufassen und zum ersten Mal seit der Erwachung spürte ich Keahi′s Anwesenheit deutlich im Vordergrund.
„Lucas ist alles Ok?"
hörte ich Sadie fragen, ihre Stimme klang für mich gedämmt, als würde sie durch eine Wand mit mir sprechen, doch sie stand genau neben mir. Immer noch starrte ich auf den Ring.
„Hey Lucas?"
Daniel bemerkte ebenfalls das etwas nicht stimmte.
„Keahi′s Ehering," sagte er schließlich als er sah was ich da anstarrte.
Sadie nahm meine Hand und löste mich so aus meiner Trance, „komm wir gehen lieber weiter, der Dolch soll im dritten Raum sein."
Immer noch ihre Hand haltend folgte ich den anderen in den dritten Raum der Ausstellung. Dort wurden die Waffen

gelagert. Unsere Waffen. Ich erkannte einige Objekte, es war wie eine Zeitreise, eine Reise zurück in Keahi´s Leben.
Sadie führte mich direkt zu dem Dolch den sie recherchiert hatte.
„Das ist er!" flüsterte sie mir zu,
„ich kann seine Energie sehen. Er ist umgeben von weißem Licht."
„Ich sehe nichts," meinte Daniel enttäuscht.
Gerade als ich ihn berühren wollte, zog Sadie mich zurück.
„Nein."
sie sah mich an als wüste sie über das Gespräch mit Annabeth bescheid.
„Und wie sollen wir den jetzt mitnehmen? Wir können ja nicht einfach damit die Tür heraus laufen?" fragte sie schließlich und lies meine Hand los.
„Wir kommen wieder, wenn die Ausstellung geschlossen hat." antwortete ihr MJ und lief Richtung Ausgang.
Ich starrte den Dolch an und musste an Annabeth´s Worte denken. Wieder spürte ich das Sadie mich beobachtete.

In etwa drei Stunden soll die Ausstellung schließen.
Wir saßen in einem Café und legten uns einen Plan zurecht.
„Also habe ich das richtig verstanden?" fragte Daniel,
„die Hexen blenden alle Kamera´s und ich soll mit Lucas das Dach hoch klettern und durch das Fenster soll er dann mit seiner Telekinese den Dolch heraus holen?"
„Ja genau! So haben wir uns das vorgestellt," bestätigte MJ.
„Dann bringt Lucas, Sadie den Dolch und wir verschwinden schnell."
Wieder spürte ich Annabeth Nähe, ich wusste sie belauschte uns.
„Muss ich das Dach hoch?" hakte Daniel nach,

„ich habe Höhenangst!"
„Du hast was?" fragte MJ überrascht.
„Höhenangst!!"
„Du bist Nakoa, der größte Magier unseres Jahrhundert."
„Ja aber ich bin auch Daniel, und Daniel hat Höhenangst.."
MJ schnaufte schwer,
„na gut. Dann Lucas musst du alleine hoch klettern und den Dolch holen, oder hast du auch Höhenangst?"
„Ja, tierisch!!" neckte ich sie und brach ein Stück Baguette ab.
Das ist die Gelegenheit, Äffchen. Du holst den Dolch und rufst mich, dann können wir gleich alles beenden.
Mein Lachen erlosch und mein Blick fiel auf Sadie, die mich wieder beobachtete.
„Muss Lucas wirklich alleine hoch klettern?"
fragte sie, immer noch mit Blick in meine Richtung.
Die anderen sahen sie erstaunt an,
„ich meine, ich könnte doch anstatt Daniel hoch, dann wäre der Dolch gleich bei mir."
„Du nutzt jede Gelegenheit um in seiner Nähe zu sein, Was?" scherzte Daniel, Sadie lächelte zaghaft, ich sah sie skeptisch an.

Am Abend standen wir wieder vor der Ausstellung und warteten bis die Wachmänner ihre Runde gedreht hatten.
„Sadie und du könnt schon mal Hoch klettern, ich signalisiere dir dann wann du anfangen kannst," diktierte Muriel, „Akamu schaltet die Alarmanlage auf Stumm."
Ich nickte und kletterte los, Sadie folgte mir.
Wir saßen vor dem Oberlichtfenster und ich sah den Dolch klar und deutlich. Wieder musste ich an Annabeth´s Worte denken.
„Tu das bitte nicht?" flehte Sadie plötzlich.
Ich sah sie fragend an,

„Den Dolch stehlen?"
„Nein. Ich meine was immer dein Plan ist?"
Immer noch sah ich sie fragend an.
„Wie kommst du darauf das ich einen Plan habe?"
„Deine Aura!"
ich lächelte sie an,
„was ist damit?"
„Sie hat sich verändert, sie wurde dunkler..."
Ich hörte auf zu Lächeln und starrte wieder durch das Fenster.
Sadie nahm mein Medaillon in die Hand,
„Denk an Kenzi!"
Ich schaute sie ernst an,
„ich denke den ganzen Tag an Kenzi."
nahm ihr das Medaillon wieder aus der Hand und versteckte es unter der Jacke.
„Dann tue es für Kenzi."
„Ich tu alles nur für Kenzi." antwortete ich ohne sie anzusehen.
Jetzt Lucas, beeil dich..
hörte ich Muriel sagen.
„Es geht Los," signalisierte ich Sadie und öffnete das Fenster.
Streckte meine Hand hinein und konzentrierte mich auf den Dolch, er bewegte sich, ich spürte Sadie's Nervosität.
Dann hielt ich ihn in der Hand, ich spürte seine Macht und sah das Leuchten, dass zuvor nur Sadie sehen konnte.
Ich starrte ihn erneut an und es war als würde sich die Schlange um den Griff bewegen.
„Gib ihn mir, bitte!" sagte Sadie und sah mich ernst an.
Ich schaute ernst zurück, ohne Worte steckte ich mir den Dolch hinten in den Hosenbund und kletterte wieder nach unten.
Daniel erwartete mich schon,
„hast du ihn?"
„Was denkst du?" gab ich kühl zurück und lief an ihm vorbei.

Er half Sadie das letzte Stück herunter.
„Lucas warte.." rief sie mir nach.
Ich blieb stehen, drehte mich aber nicht um.
„Bitte tu das nicht." flehte sie erneut.
„Was soll er nicht tun?" die Hexen kamen dazu.
Alle starrten mich an,
„gib mir den Dolch bitte," Sadie trat auf mich zu.
Ich drehte mich zu ihr um.
„Kenzi würde das nicht wollen," sprach sie weiter.
„Woher willst du wissen was Kenzi will? Du kanntest sie ja nicht mal wirklich?"
„Was ist hier los?" MJ klang energisch.
„Lucas, bitte," Sadie kam noch näher an mich heran,
ich trat einen Schritt zurück und hielt meine Hände nach vorne.
„Wer ist jetzt der Verräter?" rief mir Daniel zu.
„Du bist auf Kiana´s Seite?" schrie MJ.
„Lucas, komm doch zur Vernunft," bat mich Muriel.
„Sei still, und bleib stehen."
Ich trat noch ein paar Schritte nach hinten.
„Was bietet sie dir?" wollte sie wissen und blieb stehen.
„Wie kommst du darauf dass sie mir etwas bietet?"
„Ohne Grund würdest du uns nicht verraten?"
Ich dachte an Kenzi, und wie sehr ich sie vermisste.
„Kenzi! Sie bietet ihm Kenzi!" antwortete Daniel für mich.
Ich sah in an und ich konnte seine Enttäuschung im Blick sehen.
Im Augenwinkel erkannte ich wie jemand auf mich zu rannte, reflexartig schoss ich los, als die Blitze erloschen sah ich Sadie auf dem Boden, ihr Körper zuckte kurz, dann blieb sie Regungslos liegen.
Es fing an zu Stürmen, wir konnten Kiana´s Lachen hören.
Der Sturm wirbelte die Erde auf und ich hielt mir meinen Arm

schützend vor´s Gesicht.
Als sich der Sturm legte, stand Kiana in Annabeth Körper vor mir.
„Danke Äffchen! Ich wusste du tust das Richtige..!"

Kapitel 14
Der letzte Kampf

„Wie konntest du das tun Lucas?" fragte mich MJ mit weinerlicher Stimme.
Ich stand hinter Annabeth und schaute auf den Boden.
„Die Liebe, Ariel. Die Liebe ist die größte und mächtigste Macht, in jedem Jahrhundert," lachte Annabeth.
„Bitte Lucas," flehte MJ und streckte ihre Hand nach mir aus, „ich dachte wir wären Freunde?"
Wütend sah ich sie an und trat hinter Annabeth vor, „Freunde? Du dachtest wir wären Freunde? Du hast mich von Anfang an belogen und hintergangen, nur für deine eigenen Interessen benutzt," schrie ich sie an.
„Und als du hattest was du wolltest, hast du mir auch noch das wichtigste in meinem Leben genommen, das ich besaß."
Ich war so wütend dass meine Hände knisterten und kleine Blitze heraus flackerten.
„Kenzi!" flüsterte sie und sah Muriel an.
„Ja genau, Ariel. Wie ich schon sagte die Liebe ist die stärkste Waffe.." mischte sich Annabeth ein.
„Aber ich sagte dir doch wenn alles vorbei ist, werde ich Kenzi wieder Platz machen," Muriel sah mich ausdruckslos an.
„Oh wie süß, du kannst Lügen ohne Emotionen," kam von Annabeth bevor ich etwas sagen konnte.
An meinem Blick konnte man sehen dass ich keine Ahnung hatte wovon sie da sprach.
„hat sie dir das etwa nicht erzählt?" fragte Annabeth als sie mich so sah,
„glaubst du wirklich die Hexen würden einfach ohne Körper verschwinden?"
Ich sah sie erstaunt und verwirrt an,

„natürlich haben sie dir auch nichts über die Konsequenzen für eine körperlosen Seele erzählt, habe ich Recht?"
„Was heißt das jetzt schon wieder?" wollte ich wissen.
„Na los Ariel, erzähl es ihm!" forderte sie MJ auf.
„Ihr seit doch Freunde, und Freunde erzählen sich doch die Wahrheit."
MJ konnte mir nicht in die Augen sehen, auch Muriel wich meinem Blick aus.
Immer noch knisterten meine Hände,
„erzähl es mir!" schrie ich sie an.
„ERZÄHL ES MIR!"
Doch MJ blieb Stumm. Ich wurde rasend vor Wut.
Schrie so laut ich konnte und schoss die Blitze auf sie.
MJ wehrte sie ab in dem sie ein Schutzschild um sich baute.
„Sie stirbt," flüsterte Muriel.
Daniel trat einen Schritt zur Seite.
„Ihr wusstet, dass Kenzi im Medaillon nicht überleben kann?" fragte er entsetzt.
Beide sahen ihn wortlos an.
„Ihr habt sie trotzdem darin eingesperrt?"
Ich spürte wie auch er wütend wurde. Kiana fing an zu lachen.
„Na Hexen, was ist euch jetzt noch geblieben?"
„Lass sie Frei!" sagte ich erschöpft.
„Nein, erst gibst du mir den Dolch!" befahl Annabeth.
„Du bekommst den Dolch wenn Kenzi frei und unversehrt ist."
„TZTZTZ" schnalzte sie mit der Zunge,
„ich denke nicht dass du in der Position bist um zu verhandeln, Äffchen."
Nenn mich nicht immer Äffchen!!
Ich war so wütend, dass mir mittlerweile alles egal war.
Am liebsten hätte ich einfach auf Kiana geschossen, sollte sie zurück schießen, wäre wenigstens endlich alles vorbei.

Ich sah zu Sadie herüber, war sie wirklich Tod? Habe ich sie wirklich getötet?
„Wir werden nicht kampflos aufgeben," riefen die Hexen und schossen los.
Annabeth bildete wie MJ zuvor einen Schutzball um sich.
Ihr Lachen hallte durch die Nacht als sie zurück schoss und Muriel zu Boden fiel. MJ sah sie entsetzt und wütend zugleich an, schrie auf als sie zu leuchten anfing.
Ihr Körper war umgeben von Orangenem Licht und Blitze strömten heraus. Es knisterte so laut als würde man neben einem Elektrowerk stehen. Ich hielt mir den Arm vor das Gesicht weil es mich blendete.
MJ schrie immer noch, ihr Schrei übertönte das Knistern der Blitze, ihr Körper stieg in die Höhe. Annabeth stand immer noch unter dem Schutzball. Ich konnte dennoch ihre Verwunderung spüren. Scheinbar wusste sie nicht dass MJ dies konnte.
Sie schoss einen Blitz nach unten und traf mich an der Schulter. Ich schrie auf vor schmerzen und fiel nach hinten.
„Verräter!!" hörte ich MJ brüllen.
Ich schoss zurück und traf sie am Bein, ihr Körper plumpste auf die Erde, das Licht erlosch. Erneut hallte Kiana's Lachen durch die Nacht.
Und da waren es nur noch Zwei..
dachte sie dabei. Ich sah zu Daniel, der in Abwehrstellung bereit stand und mich fixierte, und zu Akamu der mich enttäuscht anschaute.
„Nein!" sagte ich und schüttelte meinen Kopf,
„Drei!" stand auf und stellte mich hinter Daniel.
Wieder hallte ihr Lachen durch die Nacht und bevor wir reagieren konnten, hatte sie schon auf Akamu gezielt.

in terrae pulvere dissoluti
<small>zurück zur Erde, zerfall zu Staub</small>
schrie sie dabei, Akamu zuckte kurz auf und zerfiel zu Asche.
Mit Hilfe meiner Telekinese warf ich einen Stein in ihre
Richtung, doch sie blockte ihn ab.
Volo habet anima de pythonissam, ut earn anima
<small>Die Seele der Hexe will ich haben, die Seele hole ich mir</small>
schrie sie und streckte ihre Hände in die Höhe.
Muriel und MJ fingen an zu zucken und eine orangefarbene
Seele schwebte heraus. Annabeth holte einen Schwarzen
Kristall aus ihrem Mantel und die Seelen wurden hinein
gezogen. Ich sah das Kenzi's Körper sich bewegte, Kalea's
Seele musste also noch anwesend sein. Blitzschnell schmiss ich
mein Medaillon auf den Boden und rief
Revertere anima mea in vobis pertinent
<small>Seele zurück wo du hingehörst</small>
Kenzi's blaue Seele schwebte über uns und zurück in ihren
Körper.
*Lenkt sie ab schnell..
gab sie uns zu verstehen und robbte zu Sadie.
Daniel schoss sofort mehrere Blitze auf Kiana, doch sie lachte
nur. Der Schutzball blockte immer noch alles ab.
Auch zu Zweit hatten wir keine Chance.
Sie schoss zurück und traf erneut meine Schulter.
„Lucaaass!" hörte ich Kenzi schreien.
Ein riesiger Energieball formte sich aus Kiana's Händen und
sie zielte damit auf Kenzi.
„Neeeiiiinn!" rief Daniel und schmiss sich vor die
Energiekugel. Genau wie in meiner Vision fiel er Regungslos
zu Boden. Entsetzt sahen Kenzi und ich uns an, als ein zweiter
Ball sie traf und sie neben Daniel zusammensackte.
Ich ballte meine Fäuste und schrie vor Wut, schoss mit aller
Macht, alles was ich geben konnte.

Annabeth wehrte sich mit einem kurzen Blitz der sich mit meinem kreuzte und eine Explosion verursachte.
Ich lies mich auf die Knie fallen und sah meine Hände an, sie blitzten immer noch.
„Meine Geduld ist langsam am Ende, Lucas. Gib mir den Dolch..!" befahl Annabeth erneut und streckte ihre Hand nach mir aus.
„Nein!"
„Oh Äffchen, was soll das denn jetzt wieder?"
Sie trat vor mich und beugte sich zu mir herunter.
„Du willst den Dolch? Dann musst du mich erst Töten!" flüsterte ich ihr zu.
„Hmm, das lässt sich denke ich einrichten," antwortete sie und bildete erneut einen Lichtball aus Blitzen mit ihren Händen.
„Ok, Ok, Stopp," bat ich sie,
„ich gebe auf."
„Ich wusste es, also gib mir den Dolch.."
Ich holte den Dolch aus meinem Hosenbund und hielt ihn vor ihr in der Hand.
„Sehr schön," sagte sie und lies den Schutzball fallen.
„Jeeettzt!" rief ich und meine Telekinese schmiss den Dolch in Sadie´s Richtung.
Annabeth drehte sich um und Sadie stieß ihr den Dolch mitten ins Herz.
„Stirb du Miststück."
Mit weit aufgerissenen Augen stand Annabeth vor mir,
„Lucas-Äffchen," sagte sie bevor sie anfing zu verbrennen.
Ihr Schrei brachte meine Ohren zum klingeln.
„Kenzi!" sagte ich als Kiana fort war.
Ihr Körper lag immer noch neben Daniel, sie hatte schwachen Puls. Ich hielt sie in meinen Armen, als eine weise Seele aus ihrem Körper wich und sich zu einem Geister ähnlichen Körper

formte.
Danke Lucas, danke das du trotz all dem nicht aufgegeben hast.
Es war Kalea´s Seele. Sie beugte sich zu mir und küsste mich.
Ich spürte wie auch Keahi´s Seele meinen Körper verließ.
Kenzi hustete und öffnete die Augen. Sie lächelte mich an.
„Haben wir es geschafft?"
Ich war so glücklich das sie lebte, drückte sie so fest ich konnte und küsste sie.
Auch MJ rührte sich, und stöhnte vor Schmerzen auf.
„Gott sei Dank," freute sich Sadie und fiel ihr um den Hals.
„Was ist mit Daniel?" wollte Kenzi wissen.
„Lasst mich einfach hier liegen," antwortete er und streckte seine Hand in die Höhe. Ich half ihm auf und umarmte ihn.

Gegenwart

Wir sitzen alle in Crowley´s Wohnzimmer vor dem Feuer und verarbeiten was wir erlebt haben. Keahi, Kalea und Nakoa waren fort und mit ihnen auch unsere Kräfte, was uns geblieben ist sind die Erinnerungen an das erlebte und eine ewige Freundschaft...!